Stefan Slupetzky

ATEMLOS

Gedruckt mit freundlicher Unterstützung der Kulturabteilung der Stadt Wien.

MIX
Papier aus verantwortungsvollen Quellen
FSC® C004378

Grafische Gestaltung: Dorothea Löcker, Wien
Umschlagabbildung: Quint Buchholz, Unter Buechern,
aus: Quint Buchholz, Im Land der Bücher

Druck und Verarbeitung:
EuroPB, s.r.o., Tschechische Republik
ISBN 978-3-7117-2101-3

Informationen über das aktuelle Programm
des Picus Verlags und Veranstaltungen unter
www.picus.at

STEFAN SLUPETZKY

ATEMLOS

SHORT STORIES

PICUS VERLAG WIEN

INHALT

ARCHE JOHANN

Es geschah in einer finsteren Nacht, dass sich der alte Mann in Johanns Träume schlich. Johann nahm ihn anfangs gar nicht wahr, und als er ihn dann doch bemerkte (so wie einem ein störender Fleck im Augenwinkel erst nach einer Weile bewusst wird), da ignorierte er ihn. Wie üblich hatte sich Johann am Abend betrunken, um nach der dritten Flasche Wein – gleich hier, auf einer Bank im Presshaus seines Hofes – in einen tiefen, todesähnlichen Schlaf zu sacken. Johann pflegte nie zu träumen, und er sah nicht ein, warum er diese Gewohnheit eines alten, zerknitterten Männleins wegen ändern sollte.

Wäre nur der Alte nicht so zudringlich gewesen!

»Johann«, rief er mit zittriger Stimme, »Johann, hör zu, wenn ich rede mit dir!«

Da beschloss der gute Johann aufzuwachen, denn er war kein händelsüchtiger Mensch: Wenn ihm einer justament lästig sein wollte, so trat er eben den Rückzug an.

Doch in der Nacht darauf – nach dreieinhalb Flaschen Veltliner – war der Alte wieder da. »Johann, so lass dir was sagen! Schlaf jetzt weiter und hör zu! Es wird kommen eine große Flut zu tilgen den Schmutz von der Welt … Aber was erzähl ich dir, du kennst den ganzen Schmonzes aus der Kirche, möcht ich hoffen. Jedenfalls sollst du ein Schiff bauen, Johann. Ein Schiff, so groß, dass es von jedem Tier zwei Stück … Na, einen Musterkoffer halt von meiner Schöpfung.«

Johann runzelte die Stirn. Immer noch träumend, griff er zur angebrochenen Flasche und schenkte sich nach. »Und woher soll ich wissen …«

»Dass ich wirklich ich bin?«, unterbrach ihn verärgert der Alte. »Es ist immer das Gleiche mit euch, nie wollt ihr mir glauben. Was glotzt du? Soll ich zeigen meinen Ausweis?«

Johann schwieg und trank einen Schluck, worauf der Alte die Augen verdrehte und seufzte: »Natürlich … Ein Wunder möchtest du sehen, so wie alle. Von mir aus, soll sein. Dann sauf jetzt die Flasche aus … Ja, mach sie leer. Und morgen Früh – Simsalabim – da wird sie wieder sein halb voll.«

Und so kam es denn auch: Als Johann erwachte, da galt sein erster Blick der Flasche auf dem Tisch. Unangetastet stand sie vor ihm, keine Menschenseele schien seit gestern Abend daraus getrunken zu haben. Johann kostete ein, zwei Gläser, um den Inhalt zu prüfen: Es war – daran bestand kein Zweifel – sein selbst gekelterter Grüner Veltliner.

Trotz dieses offensichtlichen Wunders brauchte es noch ein weiteres, um Johann vollends von der Identität des nächtlichen Besuchers zu überzeugen. Am folgenden Abend trug er ein Fass voll Riesling ins Presshaus und eine mächtige Platte mit Würsten, Geselchtem und Braten, die ihm seine Frau, die Vroni, gerichtet hatte. Ohne die bereitgestellten Köstlichkeiten anzurühren, schlief er ein und harrte leise schnarchend seines Gastes.

Der Alte ließ nicht lange auf sich warten. »Meschuggener Goi!«, rief er kopfschüttelnd, sobald er Johanns Traum betreten hatte. »Was machst du da?«

Johann schob sich sogleich ein großes Stück Fleisch in den Mund. »Entschuldige«, meinte er schmatzend, würgte und schluckte, spülte mit Welschriesling nach. »Ich wollte nur«, er überlegte kurz, »ich wollte nur wissen ... Wie soll es ausschauen, dieses Schiff?«

»Hast du Schmock eine Bibel?«

»Ich ... Ja.«

»Und kannst du womöglich auch lesen?«

Johann nickte stumm, mit vollem Mund.

»Dann nimm und lies nach.« Der Alte hob den Zeigefinger. »Aber mach den Kahn nur halb so groß: Wir brauchen nicht so viel Platz wie beim letzten Mal.«

»Nicht? Wieso denn?« Johann hob erstaunt den Kopf. Ein Schwall kleiner Bratenbröckchen spritzte auf das weiße, an ein Krankenhemd gemahnende Gewand des Alten.

»Wieso! Warum! Dann bau doch, wie du willst! Und wenn du fertig bist, holst du mir gleich die Auerochsen und die Atlasbären. Danach die Riesenalks, die Moas und die Dodos …«

»Aber … Wie soll ich … Sind die nicht alle längst ausgerottet?«

»Nu«, brummte grimmig der Alte und wandte sich zum Gehen. »Noch Fragen?«

»Nur eine: Könntest du vielleicht …«, Johann wies mit verlegener Geste auf seine im Schwinden begriffene Schlachtplatte, »ein letztes Mal noch …?«

Unmengen Schwein und Wein verdrückte Johann in dieser Nacht – am nächsten Morgen aber stand das Festmahl wieder völlig unberührt vor ihm. Und so machte sich Johann auf, die verstaubte Bibel aus dem Nachttisch zu holen und seine Familie über das Schiffsbauprojekt in Kenntnis zu setzen.

Johann hatte drei Söhne: Sepp, Franz und Wastel. Wie es der glückliche Zufall wollte, wohnten die drei noch am elterlichen Hof, auch wenn sie bereits verheiratet waren. Während ihre Frauen – Zenzi, Hanni und Gundi – Vroni bei der täglichen Hausarbeit halfen, gingen Sepp, Franz und Wastel dem Vater beim Weinbau zur Hand: junge Kräfte also, die es nun für die gute Sache zu nutzen galt.

Gemeinsam machten sich die Männer auf, um im nahe gelegenen Ort zu beschaffen, was sie zum Bau der Arche benötigten: Holz natürlich und Nägel, Lack und Leim und allerhand Werkzeug. Die Kunde vom verrückten Winzer, der sich (meilenweit vom nächsten Wasserlauf entfernt!) zum Reeder aufschwingen wollte, diese Kunde verbreitete sich wie ein Lauffeuer über die Dörfer. Und als Johann mit seinen Söhnen die Heimreise antrat, da folgte ihm nicht nur ein Pulk aus schwer beladenen Lastwagen, sondern auch ein eilends abgestellter Redakteur der örtlichen Provinzgazette.

Arche Johann: Wahnsinn oder Weltenrettung?, so lautete die Überschrift, die dieser seinem hastig verfassten Artikel voranstellte. Zwei Tage später schon prangte sie auf dem Deckblatt der Winzerpostille. Vier Tage, und man konnte sie – in spärlich abgewandelter Form – auf allen Titelseiten der lokalen

Presse finden. Und nach kaum einer Woche hatte die Nachricht die Hauptstadt erreicht.

Wenn einer was Außergewöhnliches tut, dann lässt die Niedertracht der anderen nur selten auf sich warten. Überall wurde Johann verlacht und verhöhnt, und bald schon spottete man auch im Ausland über ihn: Bis nach New York und San Francisco, nach Shanghai und Wladiwostok brandete die Welle aus Zynismus, Häme und Gehässigkeit.

Wenn einer was Außergewöhnliches tut, dann finden sich aber auch immer ein paar, die ihm helfen wollen, die – ungeachtet seiner augenfälligen Psychose – willens sind, ihn mit Rat und Tat und Waren aller Art zu unterstützen. So kam es auch, dass eines sonnigen Nachmittags die große Händlerkarawane Johanns Gehöft erreichte.

Billiges Straßenvolk, möchte man meinen, Schlepper und Nepper, Krämer und Schieber, Lumpengesindel, das mit verwahrlosten Karren durch die Landschaft zieht, um in hundertfach geflickten Zelten auf dem Grund und Boden anderer Leute zu kampieren. Weit gefehlt! Adrette junge Männer waren es, die sich in sportlichen Autos und schnittigen Anzügen vor Johanns Pforte einfanden, um ihm – wie sie es ausdrückten – ihre Aufwartung zu machen.

»Ein unschlagbarer Preis, mein Herr! Zweihundertachtzig Kanäle! Drei Jahre Garantie!«

»Wir brauchen kein Satellitenfernsehen. Es wird ja auch bald keine Sender mehr ...«

»Was heißt schon bald? Stellen Sie sich nur die lange Reise vor! Sie müssen an Ihre Familie denken!«

»Wir haben aber keinen Strom auf unserer ...«

»Derlei Probleme sind für uns ein Kinderspiel. Ich hätte da einen Topgenerator für Sie! Leistungsstark, robust, und was das Beste ist: zurzeit im Angebot!«

»Hören Sie, ich muss wieder ...«

»Aber der Schmutz! Der tägliche Schmutz auf dem Schiff! Wie wollen Sie denn saugen ohne Strom?«

»Wir besitzen einen Besen ...«

»Haha! Mir war fast, als hätte ich Besen verstanden! Entschuldigung, wie dumm von mir: Ein Mann von Welt wie Sie, der würde doch seine Gemahlin niemals einen Frachtdampfer auskehren lassen.«

»Wir werden ohne Dampf ...«

»Unser brandneues Saugsystem entfernt nicht nur den Staub, es beseitigt auch lästige Gerüche! Ein sensationelles Gerät! Und, ganz im Vertrauen:

supergünstig! Sie werden's mir danken, bei all diesen Tieren …«

Johann warf ohne ein weiteres Wort die Tür ins Schloss und kehrte zurück in die Werkstatt. Mit Einbruch der Dämmerung ging er ins Presshaus, trank drei Flaschen Zweigelt und wartete auf das Erscheinen seines Auftraggebers.

»Schon wieder schikker wie Lot!«, begrüßte ihn der missgelaunte Alte. »Was ist? Soll ich dir zaubern noch mehr Wein? Wie wenn ich hätt nichts Besseres zu tun?«

»Aber nein!« Johann hob begütigend die Hände. »Ich habe eine andere Bitte: Diese Händler da draußen, diese Hausierer, die mich seit Kurzem belagern … Kannst du mir das Pack vielleicht vom Leibe halten? Sie gehen mir auf die Nerven. Schlimmer noch: Sie stehlen mir die Zeit. Ich muss mich doch um deine Arche kümmern …«

Als sich am nächsten Morgen die Vertreterhorde wieder vor dem Bauernhof versammelte, da zog – wie aus dem Nichts – ein gigantisches Unwetter auf. Schon zuckten die Blitze vom plötzlich verdunkelten Himmel, ein wahres Stakkato aus gleißenden Lichtstrahlen, man konnte sie gar nicht mehr zählen. Und kaum dass das Gewitter – schlagartig, wie es gekommen war – ein Ende fand, da trat die Spur der Verwüstung zutage: Drei Bäume, ein Ferkel und mehrere Hühner waren den Feuerstößen zum Opfer gefallen (was Johann berechtigterweise an der sicheren Hand des Alten zweifeln ließ), eine weitere Entladung aber hatte das anvisierte Ziel erreicht: Sie hatte eine der blauen Karossen getroffen, deren Besitzer, ein Generalagent für Tiefkühltruhen, hinter das Steuer geflüchtet war. Der Blitz war in das Blechdach eingeschlagen, um dann – den Rahmen entlang – geradewegs in den Boden zu fahren. Ein Knall, ein Ruck und ein blasser Vertreter, mit anderen Worten: Schall und Rauch. Nicht der geringste Schaden war entstanden.

»Dem Herrn sei Dank«, hauchte der Kühlschrankverkäufer. Zitternd ließ er den Wagen an und fuhr, so rasch er nur konnte, zurück in die Stadt.

Nicht anders seine Kollegen: Sie räumten das Feld. Wenn also die Mächte des Himmels an jenen der Erde gescheitert waren, so hatten sie doch einen Teilsieg errungen: Die Händler schienen bis auf Weiteres in die Flucht geschlagen. Dass sie sich anderweitig neu formierten, um gewieftere Methoden des – wie sie es nannten – Kundenkontakts zu ersinnen, das konnte nicht einmal der Himmel ahnen.

Takuya Nimbus – Eleganz, die jedem Wetter trotzt! So lautete die Aufschrift auf dem riesigen Plakat, das eine Woche später vor Wastels und Gundis Schlafzimmerfenster aufgestellt wurde. Es zeigte ein Auto wie jenes, in dem der Vertreter dem Blitzschlag entgangen war. Nur dass der Wagen lächelte. Inmitten einer – fast unwirklich schönen – tiefgrünen Aulandschaft stand er lässig auf den Hinterrädern und grinste eine dunkle Wolke an, die über ihm hing.

Tags darauf wurden weitere Poster affichiert: *Weliba Soft – die Sparmaschine! Töpfe, Teller und Kristall, Weliba umhegt sie all!*, stand vor dem Küchenfenster zu lesen. *Doktor Hagemann empfiehlt: Hagemann extra mit Lanofanol! Gehen Sie mit Power in den Tag!*, vor Sepps und Zenzis Badezimmer. Nicht lange, und der Winzerhof war von Plakatwänden, Litfaßsäulen und Transparenten eingekreist wie ein amerikanischer Siedlertreck von kriegerischen Indianern. Sogar eine Videowand installierte man, um – wie ein mit ihrer Errichtung beschäftigter Techniker Johann erklärte – auch den ländlichen Konsumenten an wichtigen Produktinformationen teilhaben lassen zu können.

»Ich bin kein Konsument«, erklärte Johann.

Der Techniker lächelte nachsichtig.

Die Arbeit an der Arche war bis zu diesem Zeitpunkt gut vorangegangen. Johann, Sepp, Franz und Wastel sägten und hämmerten, schraubten und nieteten, was das Zeug hielt, sodass sich die oberen Schiffsdecks schon über die Giebel des Hauses erhoben. Eines Morgens aber legte Wastel seinen Hammer hin, stemmte die Fäuste in die Hüften und sagte mit leicht angespannter Stimme: »Wir müssen reden, Vater.«

»Reden? Was willst du reden?«

»Das Schiff … Wir werden bald fertig sein.«

»Ja und?«

»Dann werden wir die Tiere holen.«

»Ganz recht. Aus dem Zoo, hat der Alte gesagt, weil in der Natur, da kann man die meisten nur noch mit der Lupe suchen. Und weiter?«

»Weißt du, Vater, ich … ich …«, Wastel druckste ein wenig herum, bevor es aus ihm herausbrach: »Ich will einen Takuya!«

»Taku… wie?«

»Takuya Nimbus!«, mischte sich nun auch Wastels Bruder Franz ein. »Das Auto, Vater! Das Auto!« Er ließ die Säge fallen und deutete zum Himmel. Über ihren Köpfen zog ein Doppeldecker seine Bahnen, hinter dem ein nachtblaues Spruchband flatterte: *Takuya Nimbus – Eleganz, die jedem Wetter trotzt!*

»Und was, bitte, sollen wir mit einem Auto, wenn die Welt untergeht?«, fragte Johann, ehrlich erstaunt.

»Das Wasser wird ja irgendwann versickern!«, ließ sich jetzt Sepp, der Erstgeborene vernehmen und warf das Maßband auf den Boden. »Dann können wir herumfahren!«

»Herumfahren …« Johann starrte verwirrt von einem zum nächsten. »Herumfahren … Könnt ihr drei Genies mir auch verraten, wer das bezahlen soll?«

»Wir kaufen auf Raten!«

»Wir nehmen Kredit auf!«

»Den Rest erledigt die Flut!«

»Weliba«, sagte Vroni und verschränkte entschieden die Arme vor der Brust. »Die neue Weliba Soft. Eine andere kommt mir nicht … in die Kombüse.«

»Wo wir gerade dabei sind«, warf Hanni ein, »der Franzl findet neuerdings, ich hätte zugenommen. Schau her«, sie tippte mit dem Finger auf das Foto eines Hochglanzkatalogs, den sie rasch unter der Sitzbank hervorgezogen hatte, »der Kombitrainer von Fairfit, mit Stretching und Power-Massage … Den hätt ich gern.«

»Und ihr?«, wandte sich Johann entnervt an

Zenzi und Gundi. »Was wünscht ihr euch? Vielleicht … einen Pool auf dem Oberdeck?«

Zenzi nickte schüchtern.

»Aber nicht ohne Solarium«, sagte Gundi.

Johann ließ sich auf einen der Küchenstühle fallen und starrte eine Weile vor sich hin. Wer ihn kannte (und die vier Frauen kannten ihn zur Genüge), der wusste: Johann war kurz davor, weich zu werden.

Irgendwann hob er den Kopf und blickte Vroni müde an. »Was sollen wir denn mit den Tieren machen? Wir haben doch nicht genug Platz …«

»Dann lass die Elefanten eben da«, lächelte Vroni und strich ihm sanft übers schüttere Haar. »Wer braucht schon Elefanten?«

»Wie lange wirst du noch basteln?«, fragte das Männlein.

»Bis morgen«, gab Johann zur Antwort. »Morgen werden wir fertig sein.« Er musterte sein Weinglas, als wollte er es vermeiden, dem Alten in die Augen zu sehen.

»Gut. Dann kannst du die Tiere holen. Und trödel mir ja nicht herum: In vierzehn Tagen geht es los.«

Verglichen mit dem Schleudern wohlgezielter

Blitze ist die Inszenierung einer Sintflut eine Bagatelle. Zwar erfordert sie ein beachtliches Maß an Beherrschung der Naturgewalten, aber umso weniger Präzision. Das Verhältnis von Blitz zu Flut ähnelt am ehesten dem einer Uhrmacherpinzette zu einer Abrissbirne, und seine Abrissbirne hatte der Alte nun wirklich gut im Griff.

Zwei Wochen später ließ er den Regen beginnen. Einen kolossalischen, nie (oder höchstens erst einmal) da gewesenen Regen. Man könnte ihn als Wasserwand bezeichnen, die von der Erde in den finsteren Himmel ragte. Nur dass eine Wand in der Regel zwei Seiten besitzt, wohingegen der Regen des Männleins ein einziger, weltumspannender Wolkenbruch war.

Bald waren Wiesen und Felder mit Wasser gesättigt, es brach ihnen nun wie Schweiß aus den Poren; Rinnsale wuchsen zu Bächen an, Flüsse zu reißenden Strömen, die brodelnd über ihre Ufer brandeten und hoch und höher stiegen, um sich miteinander zu vereinen. Im gewaltigen Getöse einer Symphonie aus Donner und Gebraus wurden Städte und Dörfer, Menschen und Tiere verschlungen wie im Strudel eines göttlichen Aborts.

Johann erhob sich und betätigte die Spülung seiner Sanitec-Pro Vakuum-Toilette. Zwischen

Kisten, Kartons und Containern hindurch bahnte er sich einen Weg zu den Liften und fuhr zum Panoramadeck hinauf. Zufrieden blickte er aufs Meer hinaus, auf dem noch eine Handvoll Boote durch die aufgewühlten Wogen schipperte. Wenn sie sich aus den Wellentälern kämpften, konnte man Leute darauf erkennen, die heftig zur Arche hin gestikulierten. Lieferanten wahrscheinlich, dachte Johann, die ihre Zustelltermine versäumt haben. Kein Problem. Man hatte alles, was man brauchte, und die Luken waren dicht. Wer jetzt noch versuchte, das Schiff zu betreten, der würde an der Secusafe Alarmanlage scheitern.

»Secusafe Homeguard«, summte Johann vor sich hin, »Sicherheit in jeder Lage bis ans Ende aller Tage …«

»Ach, hier bist du.« Mit leisen Schritten trat Vroni an seine Seite und bedachte ihn mit sorgenvollen Blicken. »Johann, wir … Wir haben Tiere an Bord.«

»Völlig unmöglich.«

»Ich habe sie aber gesehen. Es sind … Ratten.«

»Auf dem zweiten Deck, mein Schatz, irgendwo hinter den Motorrädern, da findest du Rattengift …«

Vierzig Tage lang währte der Regen des Alten, dann aber teilte er das Gewölk, um sein Werk zu betrachten. Und er sah, dass es gut war. Besser, so befand er, würde es nicht werden. Still schloss das Männlein die Wolkendecke, strich noch ein letztes Mal darüber, so wie man den Kopf eines schlafenden Kindes streichelt, und wandte sich anderen Welten zu. Die Sonne nahm er mit.

ATEMLOS

Zum Beispiel Zähneputzen. Zehn Minuten Zähne putzen, mindestens. Die richtige Menge Zahnpasta, morgens um halb acht, das Fleisch nicht vergessen, es kreisend von außen nach innen massieren, dann das Zwischenraumbürstchen, die Zahnseide, das Ausspülen, das Nachspülen, die Kontrolle. Kontaktlinsen, meinetwegen. Man muss sie vorreinigen, dann sanft zwischen Zeigefinger und Handfläche reiben, sie mit der richtigen Menge des geeigneten Reinigungsmittels abspülen, sie nachspülen, sie kontrollieren. Hände waschen nicht vergessen. Drei Minuten Kontaktlinsen. Dann duschen, selbstverständlich. Mit flüssigem Duschgel aus der Plastikflasche: Seifenstücke, so heißt es, sind eine Brutstätte für Pilze. Also einseifen, abspülen, nachspülen und Haare waschen, mit dem richtigen Shampoo, dem einzigen, das gegen Schuppen hilft, wie man in jahrelangen Selbstversuchen festgestellt hat. Duschen und Haare waschen. Zehn Minuten. Abtrocknen, zuerst das Gesicht, den Kopf, am Ende erst das Hinterteil, wegen der Bakterien. Rasieren erst nach dem Duschen. Die Haut ist dann schon weich und aufgewärmt. Rasieren. Acht Minuten. Aftershave, vielleicht ein wenig Feuchtigkeitscreme, Nägel schneiden, Haare schneiden, auch die in der Nase selbstverständlich. Die Haare und die stumpfe Rasierklinge in den Abfall, das Handtuch in die Wäsche, die Wäsche in die Waschmaschine, die leere Shampooflasche in den Plastikmüll. Ich muss neues besorgen.

Der Körper will gewartet werden. Eine halbe Stunde morgens, eine halbe Stunde abends, mindestens. Dann kommt noch der Sport dazu. Squash, Tennis, Badminton, Kniebeugen, Sit-ups, Klimmzüge, Joggen. Mens sana in corpore sano. Vielleicht eine kleine Massage, Anreise vierzig Minuten, Behandlung zwanzig, Rückreise eine Stunde, wegen der Rushhour. Ein Arztbesuch, beim Zahnarzt, beim praktischen Arzt, beim Internisten, beim Orthopäden, beim Augenarzt, beim Hals-Nasen-Ohren-Arzt, beim Hautarzt, bei dieser neuen Homöopathin, von der alle schwärmen. Man sollte einen Kuraufenthalt beantragen, entspannen. Wobei, zwei Stunden Wellnesspark tun's auch, zur Not. Der Körper will gewartet werden. Wartung ist das halbe Leben. Warten und Wartung. Warten darauf, dass alles Leben trotz aller Wartung zusammenbricht, weil es zusammenbrechen muss. Warten darauf, dass die Wartung ein Ende hat, weil der Zusammenbruch erfolgt. Wartung ist der Aufschub des Zusammenbruchs. Wartung ist Erwartung, die Erwartung des Zusammenbruchs, die Verlängerung des Wartens, die ständige Beschäftigung damit, das Unausweichliche hinauszuzögern. Wartung ist das Mantra der Todgeweihten.

Nicht zu vergessen das Essen. Ausgewogen soll es sein, nährstoff- und vitaminreich. Man muss das berechnen, studieren. Was dem Körper fehlt, das führt man sich mithilfe konzentrierter Präparate zu. Man muss den Beipacktext lesen. Man muss abwägen und dosieren. Man muss die Zeit beachten. Ein gesundes Frühstück ist der beste Start in den Tag. Kleine Zwischenmahlzeiten sind anzuraten. Obst und Gemüse, fettarm, selbstverständlich. Süßes nur in Maßen und am besten ohne Zucker. Fruchtjoghurt, wertvolle Ballaststoffe. Das sollte man sich wert sein. Man muss das Angebot im Supermarkt sondieren. Sich konzentrieren. Beim Essen nicht fernsehen. Was hineingeht, muss auch wieder raus. Feuchtes oder trockenes Klosettpapier, hart oder weich, zwei- oder dreilagig? Man muss sich informieren. Man muss sich entscheiden. Nie von hinten nach vorne wischen, wegen der Bakterien. Man muss sich hinterher die Hände waschen. Man muss seine Kleider, seine Wohnung, sein Haus in Ordnung halten. Man muss Hemden bügeln, Geschirr spülen, den Boden saugen, Staub wischen, das Bettzeug wechseln, Fenster putzen, den Kühlschrank abtauen, die Möbel einlassen, die Scharniere ölen, das Gras mähen, die Pflanzen umtopfen, düngen, gießen. Man muss das Klo putzen, nicht nur, wenn Gäste kommen. Man muss auf die Zeit achten. Pünktlichkeit ist die Höflichkeit der Könige. Man sollte andere nicht warten lassen. Man muss empathisch sein. Man sollte seinen Kant gelesen haben.

Man sollte auch die anderen gelesen haben. Seinen Nietzsche, seinen Hegel, seinen Freud, seinen Sartre, seinen Schiller und Goethe, Molière und Hugo, seinen Hesse, seinen Borchert, seinen Roth, seinen Fried, seinen Dostojewski. Man sollte sie alle, wegen des Geistes, gelesen haben. Man sollte auch seine Zeitungen gelesen haben, um stets auf dem Laufenden zu sein. Man sollte auch fremdsprachige Zeitungen lesen, um Überblick zu bekommen. Man sollte Sprachen lernen, seinen Horizont erweitern. Man sollte weniger fernsehen, nicht nur während des Essens. Man sollte anspruchsvolle Radiosender hören. Man sollte die wichtigsten Maler, Bildhauer und Komponisten kennen. Man sollte in der Geschichte, in der Geografie, in der Astronomie bewandert sein.

Man sollte auch der Seele Nahrung geben. Die Seele muss gewartet werden. Der Mensch braucht Liebe. Der Mensch muss Liebe geben. Der Mensch muss wachsen, innerlich. Er braucht ein seelisches Bezugssystem, etwas, woran er sich festhalten kann. Man sollte beten, meditieren, sich auf das Atmen konzentrieren. Man sollte bewusster leben, sich öffnen, Vorurteile abbauen. Man sollte sich einen Besuch beim Psychotherapeuten überlegen. Eine Stunde wöchentlich, zwei mit An- und Rückreise. Man sollte sich das wert sein. Man darf auch das Leid der anderen nicht außer Acht lassen. Man sollte Bittbriefe nicht ungeöffnet wegwerfen. Man sollte spenden, für den Umweltschutz, für die Blinden, für den Tierschutz, für die Gehörlosen, für die Krebshilfe, für die Hungernden, für den Stephansdom, für die Entwicklungshilfe, für die Flüchtlinge, für die Friedensakademie, für die Kriegsopfer. Für welche Kriegsopfer? Man sollte seine Zeitungen gelesen haben.

Man sollte auf dem Laufenden sein, auch in technischer Sicht. Seinen Computer, seinen Scanner, seinen Brenner, seinen Drucker sollte man bedienen können. Ein Videorekorder gehört in jeden Haushalt. Elektrische Zahnbürsten sind das Um und Auf der Mundhygiene. Man sollte die Funktionen seines Handys kennen. Die Kurzwahl spart Zeit. Die Menschheit muss zusammenwachsen. Man kann nicht nicht kommunizieren. Man muss die Betriebsanleitungen lesen. Man muss sich auskennen. Man muss die Angebote studieren, um das richtige Produkt auszuwählen. Ein DVD-Player gehört in jeden Haushalt. Man sollte seinen Videorekorder fachgerecht entsorgen. Geräte wollen gewartet werden. Man sollte das Wasser entkalken, das Flusensieb säubern, die Tonköpfe reinigen, die Festplatte defragmentieren. Man sollte seine Akkus alle drei Monate vollständig entleeren. Man sollte Bildschirme mit Antistatiktüchern putzen. Man sollte Batterien, Druckerpatronen, Scheibenwischerblätter rechtzeitig wechseln. Man darf auf den Ölwechsel, auf das Frostschutzmittel, auf das Rostschutzmittel, auf das Service nicht vergessen. Man darf auf den Klubbeitrag, auf die Überprüfungsplakette, auf den Parkschein, auf die Autobahnvignette nicht vergessen. Der Mensch muss sich fortbewegen. Das Auto spart Zeit. Man darf nicht vergessen, die Uhren auf Sommerzeit umzustellen. Man darf nicht vergessen, die Versicherung zu bezahlen.

Man muss sich versichern. Falls doch, trotz aller Wartung, etwas passiert. Das beruhigt. Der Mensch braucht Ruhe. Er muss seine Wohnung, sein Auto, seine Gesundheit, sein Alter, sein Leben versichern, wenigstens. Er muss die Versicherung pünktlich bezahlen. Das spart Zeit und Ärger. Der Mensch soll sich nicht ärgern. Er muss auf die Zeit achten. Er muss seine Rechnungen pünktlich bezahlen. Er muss Gas, Strom, Miete, Betriebskosten, Plaketten, Vignetten, Versicherungen, Klubbeiträge, Fernsehgebühren, Arzt und Psychotherapeut pünktlich bezahlen.

Man muss Geld verdienen. Das beruhigt. Man muss Geld verdienen und sparen. Man sollte Preisvergleiche anstellen, bevor man etwas kauft. Man sollte der Werbung nicht blind vertrauen. Man sollte ein Fahrtenbuch führen, Quittungen sammeln, um seine Steuern zu verringern. Man sollte immer wissen, welche Ausgaben man von der Steuer absetzen kann. Man muss Rechnungen verlangen und aufbewahren. Man sollte sich im Steuerrecht auskennen. Man sollte alles über Absetz- und Freibeträge, Zuschüsse, Steuerklassen, Einkommensober- und -untergrenzen wissen. Man sollte die gesammelten Belege täglich ablegen, einordnen, sortieren. Man muss seine Papiere in Ordnung halten. Man braucht ein System in seinem Aktenschrank. Man braucht einen Steuerberater. Man sollte die Angebote der Steuerberater gründlich gegeneinander abwägen, bevor man sich für einen entscheidet. Man sollte seine Steuererklärung rechtzeitig abgeben. Man sollte seine Steuern pünktlich bezahlen. Man sollte seinen Steuerberater pünktlich bezahlen. Man sollte die Rechnungen des Steuerberaters aufbewahren, ablegen, einordnen, sortieren. Auch das ist ein Teil der Lebenswartung. Ein Teil der Lebenserwartung.

Man muss seinen Trieben Tribut zollen. Man darf seine Triebe nicht verleugnen. Schon wegen der Arterhaltung. Man sollte küssen. Man sollte Sex haben. Sex stärkt das Immunsystem. Mens sana in corpore sano. Man sollte für Sex nicht bezahlen. Man kann Sex nicht von der Steuer absetzen.

Man muss sich Sorgen machen: um die Wirtschaft, um die Wale, um die Wälder. Die Erde erwärmt, das Klima verändert sich. Das Eis an den Polen schmilzt ab, der Meeresspiegel steigt. Das liegt an den Treibhausgasen, an der Wirtschaft, am Verkehr. Auch an den Fürzen der Kühe. Man sollte seine Zeitungen gelesen haben, um stets auf dem Laufenden zu sein.

Man muss sich sorgen und sich kümmern, anderen zeigen, dass man an sie denkt. Man sollte

Jubiläen, Hochzeitstage, Geburtstage, Todestage nie vergessen. Man muss gratulieren. Man muss Geschenke machen. Man sollte seine Geschenke rechtzeitig besorgen. Man darf Ostern, Muttertag, Vatertag, Valentinstag, Nikolaus, Weihnachten nie vergessen. Man muss seine Weihnachtsgeschenke rechtzeitig besorgen!

Man muss zum Psychotherapeuten gehen.

Man muss Treppenstufen zählen, wenn man Neurotiker ist.

Der Psychotherapeut sollte ebenerdig ordinieren.

ACH, AFRIKA

Es begann damit, dass Mama Erdäpfel holen ging. Zwei Erdäpfel, um genau zu sein. Tante Klara hatte sie für uns aufgehoben, und jetzt musste Mama quer durch Wien, durch die Innenstadt, wo noch immer geschossen wurde. Der Stephansdom lag in Trümmern, ausgebrannt und eingestürzt, ein Jammer. Aber Klaus, mein Bruder, zuckte nur die Achseln. »Eine Kirche«, sagte er, »kann man sowieso nicht essen …« Anders als die Erdäpfelsuppe, die uns Mama abends kochen würde. Wo sie wohl so lange blieb?

Wir haben Tante Klaras Erdäpfel nie zu Gesicht bekommen. Wir warteten drei Tage lang, aber Mama kam nicht mehr zurück. Unsere Nachbarn, die Petzolds, tuschelten hinter vorgehaltenen Händen, die Soldaten hätten sie wohl geschnappt. Hätten Schlimmes mit ihr angestellt, Schlimmeres noch als ein Jahr davor mit meinem Vater. Papa war drüben im Augarten auf eine Mine getreten, aber er war nicht sofort … Sie haben ihn gefunden, angeblich noch lebend, und dann haben sie ihn … Ich will gar nicht daran denken.

Nach drei Tagen warteten wir nicht mehr. Der Hunger war einfach zu groß. Klaus zog seine löchrigen Schuhe an und meinte zu mir: »Komm, mach dich fertig, wir gehen.«

»Wohin?«, fragte ich. »Wohin willst du gehen? Zur Tante?«

»Nein.« Klaus sah mich lange an. »Nach Afrika«, sagte er dann.

Ach, Afrika …

Allein das Wort, allein der Name, der Klang: Afrika …

Bei uns in Österreich weiß man nicht viel über diesen Kontinent. Aber das, was man weiß, ist ein einziger verheißungsvoller Traum, eine Mischung aus Schlaraffenland und Paradies. Nicht nur, dass dort drüben in Afrika Friede herrscht, nein, es herrscht auch Zufriedenheit, Glück. Es heißt, dass die Afrikaner alles haben und mehr noch als alles: Autos, Möbel und Fernseher, breite, von grünen Bäumen gesäumte Straßen, saubere Flüsse und Läden, in denen es so viele Dinge zu kaufen gibt, dass man ganz wirr davon wird. Nicht eines von jedem Ding, sondern Hunderte! Klaus hat mir zum Beispiel erzählt, es soll dort Geschäfte geben, in denen man zwischen zehn oder zwanzig Brotsorten wählen kann. »Die Afrikaner haben so viel Brot, dass sie gar nicht alles aufessen können«, sagte er. »Sie verfüttern es den Schweinen oder werfen es weg.« Aber ich habe ihm nicht geglaubt. »So viel Brot gibt es gar nicht«, habe ich gebrummt und trotzig den Kopf geschüttelt.

Trotzdem hat Klaus nicht aufgehört, mir seine Märchen aufzutischen. In Afrika, hat er gesagt, gibt es in jeder Hütte, in jedem Haus eine eigene Quelle, aus der frisches, klares Trinkwasser sprudelt. Man braucht nur an einem Knopf zu drehen. Und dann: In Afrika kann jeder werden, was er will. Schon die kleinen Kinder – und zwar alle kleinen Kinder! – gehen täglich zur Schule: Es kostet sie nichts! Später lernen sie einen Beruf und kaufen sich all die wundervollen Dinge aus den Geschäften. Sie kennen keinen Hunger, keinen Durst und keinen Krieg. Und sie schlafen in riesigen Betten aus warmen, weichen Daunen.

Ach, Afrika …

Ein Traum. Ein großer, herrlicher Traum.

Wir haben Wien am selben Abend verlassen, mit nichts als unseren Kleidern am Leib. Ein Lastwagen hat uns zur italienischen Grenze gebracht, mit fünfzig, sechzig anderen Menschen, die sich lautstark um die Plätze auf der Ladefläche stritten. Wir sind zwischen ihnen gestanden, stundenlang eingeklemmt, während der Wagen durch die kalte Nacht fuhr. Irgendwann aber ging es nicht mehr weiter: Eine Granate hatte die Straße zerstört. Wir marschierten also Richtung Süden, wir schlugen uns durch das Unterholz, immer auf der Hut vor den Soldatenbanden. Wir schliefen in Büschen und Bombenkratern, hungrig, erschöpft und durchnässt: Es hatte zu regnen begonnen.

Ab und zu nahm uns ein Lastwagen mit, ein paar Kilometer vielleicht, und manchmal schenkte uns eine Bäuerin einen Apfel oder ein Stück altes Brot. Nach Wochen erst erreichten wir das Meer. Und hinter dem Meer, das wussten wir, lag das verheißungsvolle Land, lag Afrika.

Um übers Meer zu kommen, braucht man ein Schiff, und um auf ein Schiff zu kommen, braucht man Geld. Klaus und ich, wir hatten keines. Und Tausende andere Menschen, die so wie wir auf der Flucht waren, hatten auch keines. Sie waren von überallher gekommen: aus Deutschland, Frankreich und Holland, aus Ungarn und natürlich aus Italien. Der Trubel war unbeschreiblich. Und unbeschreiblich war auch das Elend, das um uns herrschte: Wir sahen Männer, die wie Tiere um einen Schluck

Wasser kämpften. Wir sahen hungrige, weinende Kinder und sterbende Alte. Ich will auch daran nicht mehr denken …

Eines Abends aber kam Klaus und sagte zu mir: »Es geht los. Heute Nacht geht es los.«

»Was geht los?«, fragte ich.

»Die Überfahrt. Unsere Passage ins Paradies …«

Ich weiß nicht, wie er es angestellt hat, zwei Plätze auf dem schrottreifen Kahn zu ergattern, mit dem wir spätabends in See stachen. Ich weiß bis heute nicht, was er dafür getan hat, und ob es etwas Schlimmes war. Ich weiß nur, dass wir die Dunkelheit abwarten mussten, bevor wir den Hafen verließen.

»In Afrika haben sie gerade auf uns gewartet«, raunte ein grauhaariger Mann, während wir an Bord gingen.

»Ehrlich?«, fragte ich zurück.

Er stutzte, warf mir einen kurzen, strengen Blick zu, fing dann schief zu grinsen an und meinte: »Natürlich, Kleines. Sie werden uns mit Pauken und Trompeten empfangen …«

Da war etwas in seiner Stimme, das mich verwirrte. Ich wollte ihm glauben und konnte es doch nicht so recht. Erst viele Stunden später wurde mir klar, wie er das mit den Pauken und Trompeten gemeint hatte.

Der Kahn war heillos überfüllt, als er endlich ablegte. Einige Männer, die keinen Platz mehr an Deck bekommen hatten, sprangen im letzten Moment von der Mole und klammerten sich an der Reling fest. Wir waren schon weit draußen auf See, als ihre Kräfte sie verließen, als sie – nach und nach – abfielen wie reife Früchte und in der Dunkelheit verschwanden.

Die Stimmung an Bord war gespannt. Keiner wagte zu sprechen: Man hatte uns befohlen, still zu sein. Ich starrte in die finstere Nacht und versuchte, etwas zu erkennen: ein Funkeln vielleicht, ein Flirren von den tausend Lichtern Afrikas.

Und dann, kurz vor dem Morgengrauen, tauchten die Lichtstrahlen auf. Sie näherten sich schnell, viel schneller, als unser Kahn der Küste entgegenfuhr. Sie umkreisten uns, blendeten uns; man konnte mit einem Mal laute, wütende Stimmen hören, die uns Befehle zubrüllten. Ein Stück weit fuhren wir noch; als aber die ersten Schüsse fielen, stoppten unsere Maschinen.

Das also waren die Pauken und Trompeten, die der Grauhaarige gemeint hatte. Das war der freundliche Empfang, den man uns hier bereitete: Wir sollten umkehren. Die Afrikaner wollten uns nicht.

Ach, Afrika …

Klaus war der Erste, der sprang. Die Menge drängte nach, riss mich mit – ein kurzer Sturz und ich tauchte in das kalte schwarze Wasser. Ich strampelte um mein Leben, so wie hundert andere rings um mich; ich schnappte nach Luft und versuchte, der Küste entgegenzupaddeln, die nun im ersten fahlen Morgenschimmer vor mir lag. Ich weiß nicht, wann mich die Kräfte verließen, ich weiß nur, dass ich irgendwann aufgab. Afrika, den großen Traum vor Augen, so wollte ich einschlafen, untergehen. Dann verlor ich das Bewusstsein.

Der grauhaarige Mann sagt, man hätte mich aus dem Wasser gezogen, gleich nach ihm, und schließlich doch an Land gebracht. »Die Afrikaner«, sagt er, »sind seltsame Leute. Sie haben kein Problem, dich in den Tod zu schicken, aber wenn du vor ihren Augen stirbst, dann retten sie dir das Leben.«

Meinen Bruder Klaus habe ich nicht mehr gesehen. Ich habe lange auf ihn gewartet, ihn gesucht, aber ich habe ihn nirgends gefunden. Keiner weiß etwas von ihm. Wahrscheinlich ist er … Das ist auch so etwas, woran ich nicht denken will.

Nun sitzen wir hier, in einem jener afrikanischen Zauberhäuser, der Grauhaarige und ich. Und mit uns sitzen Tausende andere hier, umgeben von

Stacheldraht, damit wir nicht … Damit wir was nicht? Damit wir den Afrikanern kein Brot wegessen? Eines von zwanzig Broten, die sie ja doch an die Schweine verfüttern? Ich kann mir das nicht vorstellen. So seltsam können nicht einmal die Afrikaner sein. Der Grauhaarige aber sagt, sie sind leider so. Sie wollen uns wieder zurückschicken, je eher, desto lieber. Sie haben keinen Platz für uns, sie haben keine Verwendung für uns …

Klaus hat jedenfalls recht gehabt: Wann immer ich durstig bin, gehe ich zu der kleinen Quelle unseres afrikanischen Zauberhauses. Ich drehe einen Knopf und schon sprudelt kristallklares, köstliches Wasser heraus. In meinem ganzen Leben habe ich nicht so viel getrunken. Sollte ich wirklich nach Österreich zurückmüssen, dann werden mir die Petzolds, unsere Nachbarn, ganz sicher nicht glauben, wenn ich ihnen davon erzähle.

So wie ich meinem Bruder ja auch nicht geglaubt habe, als er mir sein Märchen von Afrika erzählte.

ZIRBITZER

Man sollte auch einmal den Zirbitzer erwähnen, diesen Teufelskerl, der sich seinen Platz in den Annalen der großen Pioniere wie kein anderer erkämpft hat. Mögen ihm Pokale und Medaillen auch versagt geblieben sein, so zählt der Wille doch fürs Werk, und was den Willen anbelangt, so konnten ihm die anderen nicht das Wasser reichen. Seine Jugendsünden (wie er sie ja selbst einmal bezeichnete) markieren in seiner Vita das Prinzip einer kathartischen Verirrung, einer reinigenden Wüstenwanderung, an deren Ende Milch und Honig fließen. Denn im Grunde war der Zirbitzer ein Spätberufener: In einem Alter, wo die meisten Menschen mit dem Auskühlen beginnen, wärmte er sich überhaupt erst auf. Er tänzelte in die Arena, ließ die Muskeln spielen. Er scharrte in den Startlöchern.

Der Geist der Sechziger, der seine Sozialisation bestimmt hatte, war leider alles andere als segensreich gewesen. Nicht nur, dass man damals noch ohne Gewissensbisse Alkohol und Zigaretten konsumieren durfte, auch das von den Medien gemalte, von den meisten Halbwüchsigen nachgeahmte Heldenbild trug liederliche, zügellose Züge. Glänzte denn James Bond, der seinen flotten Körper mit geschüttelten Wodka Martinis, One-Night-Stands und Chesterfields in Schuss zu halten pflegte, nicht weit mehr durch seinen aufsässigen Intellekt als durch sein mittelmäßiges Kung-Fu? Das Ideal des muskelstrotzenden Zwei-Meter-Recken war passé, die Zeit des Pazifismus und der Pilzköpfe, der freien Liebe und der noch viel freieren Studentenpolitik war angebrochen. Niemand konnte sich dem unheilvollen Sog entziehen. Auch Zirbitzer geriet geradewegs in eine Sackgasse: Er inskribierte an der Universität.

All die verlorenen Jahre! All die fruchtlosen politischen Debatten in verrauchten Kellerstuben: Trotzki oder Marx? Adorno oder Horkheimer? Das ging zumeist die ganze Nacht bis in den frühen Morgen so: Garfunkel oder Simon? Haschisch oder Gras?

Natürlich setzte Zirbitzer ein Bäuchlein an. Von seinen Leberwerten ganz zu schweigen. Was ihn vor dem endgültigen körperlichen Niedergang bewahrte, war (und hier vermeint man schon den ersten Hinweis auf sein Alterswerk zu wittern) die Apollo-11-Mission im Juli 1969. Trotz des fragwürdigen Hintergrunds (das imperialistische Amerika eroberte den Mond) saß Zirbitzer im Wirtshaus vor dem Fernsehapparat. Er war gebannt, elektrisiert, er konnte seine Augen nicht vom Bildschirm wenden. Dabei waren es nicht die unförmigen Astronauten, die ihn faszinierten, nein, die Raumfahrtspezialisten im Kontrollzentrum in Houston hatten es ihm angetan: anämische, nervöse Männchen, die mit Krankenkassenbrillen und durchgeschwitzten Hemden auf die NASA-Monitore starrten. Diese Leute, dachte Zirbitzer, sind hier die eigentlichen Helden! Jahrelanges Studium in Hörsälen und Laboratorien, endloses Brüten über chemischen, kinetischen und astronomischen Problemen: Lernen, rechnen, hadern, scheitern, experimentieren, aufs Neue kalkulieren und letztlich – triumphieren!

Neil Armstrong mochte zwar im Mittelpunkt der Handlung stehen, doch sein lunares Tänzchen konnte Zirbitzer nicht wirklich überzeugen. Armstrong war in seinen Augen auch nur ein Trabant, genau wie der, auf dem er eben seine tollpatschigen Schritte machte. Galt es nicht vielmehr, den Puppenspielern nachzueifern als der Marionette? War es nicht die Wissenschaft, die all das erst ermöglicht hatte?

Armer, dickköpfiger Zirbitzer. Nachdem er eine halbe Ewigkeit mit Weltverbesserungsfantasien vertrödelt hatte, fällte er die nächste Fehlentscheidung:

Er, der schon so lange an der Uni inskribiert war, fing nun an, tatsächlich zu studieren. Und zwar wie ein Besessener. Mit Haut und Haaren ließ er sich vom Moloch der Gelehrsamkeit verschlingen.

Sieben Doktortitel später (Medizin, Physik, Chemie und – gleichsam als Reminiszenz an seine lebensfremde Jugendzeit – Soziologie, Philosophie, Ethnologie und Kunstgeschichte) musste Zirbitzer sich eingestehen, dass er schon wieder auf das falsche Pferd gesetzt hatte. Obwohl er mittlerweile neunundsechzig war, hatten sich weder Ruhm noch Reichtum bei ihm eingestellt. Im Gegenteil, die schillernden Facetten seines Wissens waren so breit gestreut, dass sie einander regelrecht paralysierten. Anders ausgedrückt: In seinem kahlen Schädel war der kalte Krieg des Geistes ausgebrochen. Hätte er nicht nebenher den Taxischein gemacht, vermutlich hätte er sein Leben in der Gosse ausgehaucht – am Ende wäre er womöglich wieder bei der Politik gelandet.

Dass das Schicksal noch ein spätes Einsehen mit ihm hatte, war dem Taxischein geschuldet. Endlich war er in der Welt des sogenannten kleinen Mannes angekommen, unterhielt sich mit den Fahrgästen, las Zeitungen und hörte Radio. Es war wie ein Erwachen. Ein Erwachen, das sich anfühlte wie ein Geborenwerden, wie ein Sprung in eine ungekannte

Dimension. Verblüfft gewahrte Zirbitzer den Anbruch eines neuen Zeitalters mit neuen, makellosen Helden. Denn im Mittelpunkt des allgemeinen Interesses standen nunmehr Lichtgestalten, denen man nicht nur im Kino oder auf dem Mond begegnen konnte, sondern ganz entspannt im Hier und Jetzt! Adrette, wohlgeformte Menschen, die sich ohne jede Zufuhr schädlicher Substanzen, ohne jedes Wälzen schädlicher Gedanken einer ebenso vergnüglichen wie edlen Sache widmeten: dem Sport.

Und welcher Art von Sport!

Sie baumelten an einem kleinen Finger ungesichert in der Steilwand oder stürzten sich in Flügelanzügen von Berggipfeln, sie trudelten im Wildwasser durch unwegsame Canyons oder ließen sich von Bleigewichten hundert Meter in die Meerestiefe ziehen. Es waren unverzagte Desperados, die die Mausefalle ohne Airbag und den Nanga Parbat (oder war es der Mount Everest?) ohne Sauerstoffgerät bezwangen. Die vor allem anderen sich selbst bezwangen!

Zirbitzer, der alte Haudegen, verspürte plötzlich eine nie gekannte Kühnheit. Er trat auf das Gaspedal und steuerte den Wagen (einen schwarzgrauen Mercedes Baujahr 1969) über eine rote Ampel.

Noch am selben Abend machte er sich an die Planung eines Unterfangens, das ihn wie den Phönix aus der Asche seines armseligen Daseins steigen und die bisherigen Leitfiguren der postmodernen Hochleistungskultur wie Stümper dastehen lassen würde. Er durchdachte alle technischen Notwendigkeiten, überschlug die Kosten, stellte eine Liste möglicher Sponsoren auf und konzipierte ein spezielles, seinem (zugegeben, leicht arthritischen und etwas schwabbeligen) Körper angemessenes Aufbautraining. Einen Monat gab er sich, um die erforderlichen staatlichen Genehmigungen einzuholen, fünf weitere, um die Presse für sein Vorhaben zu interessieren, diverse Apparaturen zu bauen und sich halbwegs in Form zu bringen. Dann, an seinem siebzigsten Geburtstag, würde er

1) an einem Bündel Heliumballons (angeblich gab es die im Baumarkt) fünfundvierzig Kilometer in die Stratosphäre hochsteigen. Der gültige Rekord war leicht zu überbieten, lag er doch bei lächerlichen einundvierzigtausendvierhundertneunzehn Metern.

2) sich (am besten über dem in Oberösterreich gelegenen Traunsee, dem mit hunderteinundneunzig Metern tiefsten österreichischen Gewässer) ausklinken und unter Ausführung diverser Schrauben, Rollen und Salti (der zu brechende Rekord war noch zu eruieren) ins Wasser stürzen.

Zirbitzer litt unter Schlafapnoe, konnte also – selbst im Traum – minutenlang die Luft anhalten. Er beschloss daher, das Abenteuer ohne teures Sauerstoffgerät zu absolvieren und damit eine ganze Reihe zusätzlicher Bestleistungen aufzustellen. Er würde gleichsam auf den Nanga Parbat (oder war es der Mount Everest?) spucken! Überschallgeschwindigkeit! Apnoe-Tauchrekord! Ein Kinderspiel bei der Beschleunigung: Freitauchen bis zum Grund des Traunsees!

Seine erste Trainingseinheit brachte er umgehend hinter sich: drei Kniebeugen. Das schmerzte in den eingerosteten Gelenken. Zirbitzer geriet ins Schwitzen und entschied, es sei das Beste, sich zum Abschluss dieses denkwürdigen Tages noch ein warmes Bad zu gönnen. Während er das Wasser in die Wanne laufen ließ, bemerkte er ein – wohl vor Jahren gekauftes – Päckchen Badesalz ganz oben auf dem Wandregal neben dem Boiler. Ein gestählter Körper, überlegte er, will nicht nur pausenlos geschunden, sondern manchmal auch verwöhnt sein. Kurz entschlossen holte er die Leiter aus dem Abstellraum und stieg die Sprossen hoch.

Mag sein, dass er tatsächlich nur das Badesalz herunterholen wollte. Möglich aber auch, dass ihn ein jugendlicher Übermut ergriff (man denke nur an Ikarus) und er mit voller Absicht sprang. Wir können es nicht mit Bestimmtheit sagen.

Zirbitzer fiel rücklings in die Badewanne. Seine linke Schläfe krachte hart gegen den Wasserhahn, und es war einzig seiner unerschütterlichen Willenskraft gedankt, dass er noch eine Weile bei Bewusstsein blieb. Ein sanfter Glanz drang durch das dampfbeschlagene Fenster, durch das blutgetränkte Wasser. Zirbitzer sah Millionen Sterne – rote Riesen, weiße Zwerge –, ehe er in einem schwarzen Loch versank. Das Weltall. Unendliche Weiten.

Sicherlich, der Ruhm so mancher anderer Himmelsstürmer blieb dem armen Zirbitzer verwehrt. Die Glorie des Pioniers hat er sich allemal erkämpft. Er gab sich seinem Traum auch noch im Zustand der Apnoe hin – so lange, bis sein letzter Atemzug verbraucht war.

Marianengraben, dachte Zirbitzer, nicht Traunsee.

WESTEND STORY

Jüttes Villa steht nur einen Steinwurf hinter dem Casino; sie ist eines der cremefarbenen Sahnehäubchen im saftigen Waldgrün des Leberbergs. Den Blicken der Passanten auf der Sonnenberger Straße halb verborgen, zeigt sich das Palais nur dem in seiner ganzen Pracht, der das schmiedeeiserne Gatter der Einfahrt durchschreiten und – wie ein Pilger die heilige Treppe zur Sancta Sanctorum – die Serpentinen hochsteigen darf. Der Weg wird abends von dezenten Lichtpunkten gesäumt; man hat die Lampen in den Boden eingelassen, so wie auch die Scheinwerfer, die dem zentralen Portikus der Villa einen klassisch-eleganten Marmorglanz verleihen.

Ich bin zu spät, kein Wunder. Eine Stunde lang bin ich die Straßen auf- und abgelaufen, um Jüttes Adresse zu finden. »Sie können es gar nicht verfehlen«, hat er heute Früh am Telefon zu mir gesagt, »es ist nicht weit vom Kurhaus. Unten an der Einfahrt sehen Sie drei Firmenschilder: Anwaltskanzlei, Unternehmensberatung, Vermögensverwaltung.«

»Und wo soll ich klingeln?«

»Egal«, hat Jütte geantwortet. »Sie landen jedenfalls bei mir.«

Dass der gesamte Norden Wiesbadens ausschließlich von Rechtsanwälten, Unternehmensberatern und Vermögensverwaltern bevölkert ist, hat Jütte nicht erwähnt. Nach der Lektüre ungezählter einschlägiger Messingtafeln finde ich endlich die richtige Einfahrt.

»Ja, bitte?«

»Prikopa aus Wien; der Chef erwartet mich.« Ich grinse schuldbewusst ins Objektiv der Videosprechanlage. Es ist Mittwoch, zwanzig Uhr.

Jütte empfängt mich in seinem Büro: ein riesenhafter Schreibtisch aus Granit und Glas, zwei Sekretäre (ein hölzerner aus dem Barock und ein lebendiger aus dem Solarium), Ledersessel, indirektes Licht. An der Kassettendecke kleben Rauchmelder wie kleine bösartige Warzen.

Jütte selbst ist schlank und sportlich, trotz seiner gut sechzig Jahre. Grau melierte Haare, wache Augen hinter der randlosen Brille, gewinnendes Lächeln, kräftiger Händedruck. Ein ganzer Mann, halb Vitaminpille, halb Fitnesscenter.

»Zug versäumt?«, begrüßt er mich.

»Nein, Haus verpasst.« Die Antwort klingt ein wenig schroffer als gewollt. »Schön, dass wir uns jetzt auch persönlich kennenlernen«, füge ich rasch hinzu.

Vor knapp zwei Jahren hat Jütte mich schon einmal engagiert. Nichts Großes, nur die Überwachung eines seiner Mitarbeiter, der in seinem Auftrag eine zum Verkauf stehende Wiener Immobilie prüfen sollte (man ist ja, wenn schon kein Global, so doch wenigstens ein European Player). Jütte hatte den Mann im Verdacht gehabt, den Großteil seines Spesenkontingents in schwere Weine und leichte Mädchen zu investieren statt in seinen Job. Ich überraschte den Mann im Bordell, ließ mir am selben Abend noch ein prall gefülltes Kuvert von ihm zustecken und sagte Jütte anderntags am Telefon, dass er sich glücklich schätzen könne, einen so loyalen, arbeitsamen Angestellten zu beschäftigen. Dann nannte ich ihm meine Kontonummer.

Man hilft eben, wo man kann.

»Gut, dass Sie so rasch Zeit hatten«, sagt Jütte jetzt. Mit einem Wink der linken Hand bedeutet er dem angeschmorten Sekretär, das Zimmer zu verlassen.

»Einfach war es nicht«, betone ich, »man hat ja auch noch andere Termine.« Angesichts der Summe, die mir Jütte heute Früh versprochen hat, fällt es mir freilich nicht so schwer, der abendlichen

Stammtischrunde im *Weinhaus zum Blunzenstricker* ein paar Tage fernzubleiben. »Also sagen Sie, wie kann ich Ihnen diesmal helfen?«

Jütte beugt sich vor und legt die Fingerspitzen aneinander – eine Pose aus dem staatsmännischen Körpersprachenlexikon: gewichtig, ernst, beherrscht. »Meine Tochter Viktoria«, sagt er, »ist vor vier Tagen entführt worden.« In knappen Worten schildert Jütte, was geschehen ist. Seine Tochter, einundzwanzig Jahre alt, wohnt noch bei ihm und seiner Frau am Fuß des Leberbergs. Sie ist Studentin an der EBS, der European Business School, die, wie Jütte nebenher erwähnt, erst letztes Jahr in den Universitätsrang erhoben wurde. »Hier wird die Elite unserer künftigen Entscheidungsträger ausgebildet«, sagt er.

»Bravo«, nicke ich, »das braucht die Welt.«

Am vergangenen Samstag hat Viktoria um neunzehn Uhr das Haus verlassen, um in einem Innenstadtlokal den Geburtstag eines Kommilitonen zu feiern. Sie ist nie dort angekommen. Auf dem kurzen Fußweg in die Goldgasse dürfte sie überfallen und verschleppt worden sein. Am Sonntagvormittag hat Jütte die erste telefonische Lösegeldforderung erhalten. Ein Unbekannter hat in gebrochenem Deutsch fünfhunderttausend Euro für die Freilassung Viktorias gefordert.

»Haben Sie denn nicht die Polizei gerufen?«, frage ich, obwohl ich die Antwort schon ahne.

»LKA«, meint Jütte, ohne eine Miene zu verziehen, »ist in unseren Kreisen das Kürzel für lieber kein Aufsehen. Das Leben meiner Tochter ist mir viel zu teuer, um es einer Meute schlecht bezahlter Staatsbeamter anzuvertrauen. Dinge dieser Art erledigt man am besten mit der feinen Klinge.«

»Gut, dass Sie auf mich gekommen sind. Ich bin Ihr Mann«, erwidere ich, ganz Philip Marlowe, und fühle mich dabei wie Inspektor Clouseau.

»Sie werden sich denken können, dass ich hier in Hessen meine Leute habe, fähige, zuverlässige Leute. Und Sie werden sich fragen, warum ich mir dann jemanden aus Österreich hole.« Jütte erhebt sich und geht auf ein Gemälde zu, das schräg hinter dem Schreibtisch hängt – ein Jawlensky, wie ich zu erkennen glaube. Er betätigt einen Schalter an der Wand, das Bild fährt lautlos zur Seite und gibt eine Nische frei, aus der Legionen von Gläsern und Kristallkaraffen glitzern. Endlich Alkohol, denke ich im Stillen. »Am Montag kam der zweite Anruf des Entführers«, spricht Jütte weiter, während er in der Hausbar hantiert. »Und diesen Anruf konnten meine Männer zurückverfolgen. Er kam aus einem Call Shop im Westen des Zentrums, aus dem Westend.« Jütte kehrt mit zwei gefüllten Kelchen wieder. Prickelnd, spritzig: Mineralwasser.

»Gesundheit.«

»Ja … Gesundheit.«

»Der Erpresser hat mir zweiundsiebzig Stunden Zeit gegeben, um die Summe zu beschaffen; ich rechne daher mit der nächsten Kontaktaufnahme im Lauf des morgigen Tages.«

»Und was soll ich dabei tun? Den Geldboten spielen?«

Jütte sieht mich an. »Ich habe nicht vor, zu bezahlen«, sagt er dann. »Wer eine Ohrfeige belohnt, wird bald zehn weitere bekommen. Nein, Herr Prikopa, Ihr Job ist folgender: Sie warten vor dem Laden, und sobald der Mann sich wieder meldet, rufe ich Sie auf dem Handy an. Sie heften sich an seine Fersen, bis Sie wissen, wo Viktoria festgehalten wird. Den Rest erledigen dann meine Leute. Für die Überwachung sind die nämlich denkbar ungeeignet, dafür braucht es einen Außenstehenden.«

»Warum?«

»Weil Wiesbaden ein Dorf ist. Hier kennt jeder jeden, undercover haben Sie keine Chance als Hiesiger. Dazu kommt, dass ihr Wiener etwas, sagen wir … Legeres, Nonchalantes habt. Jean-Paul

Gaultier und Daniel Hechter passen nicht so gut ins Westend.«

Zugegeben, ich verstehe Jütte nicht sofort. Nachdenklich zupfe ich an einem Mottenloch in meinem linken Jackenärmel, als die Tür aufgeht und eine blonde Frau mit einem halb gefüllten Rotweinglas ins Zimmer tritt.

»Meine Gemahlin«, sagt Jütte zu mir, und: »Nicht jetzt, Charlotte, bitte.«

So schmal und blass die Frau, so voll und rot der Wein in ihrer Hand. Das Mineralwasser läuft mir im Mund zusammen. Charlotte Jütte mustert mich mit einem stummen, feindseligen Blick. Dann wendet sie sich ab und geht hinaus.

»Sie müssen ihr verzeihen, Herr Prikopa. Die Sache hat sie sehr verstört. Hier«, Jütte schiebt mir ein Kuvert über den Tisch, »haben Sie ein Foto meiner Tochter und die Adresse des Call Shops. Wo werden Sie wohnen?«

»Ich, äh …«

»Verstehe. Sie sind selbstverständlich mein Gast. Bruno wird Ihnen Ihr Zimmer zeigen.«

Mein Zimmer? Nein, mein Penthouse. Jüttes Sekretär führt mich durch gute zweihundert Quadratmeter im Dachgeschoß, durch Schlafraum und Salon, Bibliothek und Bad und Küche, alles teuer und geschmackvoll renoviert, vom Feinsten.

Trotz des kolossalen Fernsehapparats verbringe ich die halbe Nacht dann doch im Freien, vor den Marmorsäulen des Palasts: Bis hin zur Abstellkammer ist mein Luxusdomizil mit Rauchmeldern gespickt, und meinen Gastgeber mit einem Großeinsatz der Feuerwehr (sprich: einer Meute schlecht bezahlter Staatsbeamter) zu behelligen, erscheint mir wenig ratsam. Ich lehne an einer der Säulen und rauche, als ich hinter mir ein leises Rascheln und das Klicken eines Feuerzeugs vernehme. Im Halbdunkel steht Charlotte Jütte und duftet nach Bordeaux.

»Guten Abend.« Ich nicke ihr zu.

Keine Antwort. Erst nach einer langen Weile eine leise Stimme: »Machen Sie das nicht.«

»Ich verstehe nicht, gnädige Frau. Wie meinen Sie …«

»Was kann ich tun, damit Sie das nicht machen?«, unterbricht sie mich.

Bevor ich reagieren kann, ist Charlotte Jütte auf mich zugetreten. Blitzschnell fasst sie mich am Kragen, zieht mich an ihre Brust und leckt mit ihrer kleinen, kühlen Zunge über meine Lippen. »Falls Sie mehr wollen«, raunt sie mir ins Ohr, »dann machen Sie das nicht.«

Ich spüre, wie mein Blut den Kopf verlässt, um sich auf dem zentral gelegenen Appellplatz zu versammeln. Wie auf dem berühmten Foto der US-Soldaten bei der Invasion von Iwo Jima hissen meine Hämozyten dort die Fahne.

»Ich weiß nicht, ob wir … das sollten«, stottere ich. »Wenn Ihr Mann uns überrascht …«

»Sie haben recht.« Charlotte Jütte zieht ein letztes Mal an ihrer Zigarette, tritt sie dann am Boden aus. »Er hasst es, wenn ich rauche.« Ohne ein weiteres Wort dreht sie sich um und geht zurück ins Haus.

Dem durchschnittlichen Österreicher sind die folgenden deutschen Städte ein Begriff: Berlin (wegen der Mauer), Hamburg (wegen der Reeperbahn), Frankfurt (wegen der Würstchen), Mainz (wegen des Karnevals) und München (weil es ja irgendwie zu Österreich gehört). Von Wiesbaden dagegen hat der Österreicher keine Ahnung. Umso überraschter bin ich, als ich mich am nächsten Morgen auf den Weg ins Westend mache. Die pompösen Boulevards und prunkvollen historischen Gebäude, die feudalen Parkanlagen und die exquisiten Läden wirken wie ein einziges gigantisches Freiluftmuseum, eine Pilgerstätte für Geschichtsforscher, ein Tummelplatz der Denkmalschützer und ein Mekka für distinguierte Geldaristokraten. In der Innenstadt sind zwar die Gassen enger, aber ebenso adrett und sauber. Selbst der Himmel über Wiesbaden ist wolkenlos, sofern man die Kondensstreifen der Düsenjets nicht zu den Wolken zählt.

Apropos Düsenjets: Natürlich habe ich die örtlichen Gegebenheiten vor der Abreise aus Wien minutiös studiert, indem ich einen kurzen Internetartikel überflogen habe. Was mich dabei ganz besonders fasziniert hat, war der Flugplatz Erbenheim und die damit verbundene Präsenz der US Army in der Stadt. Als Österreicher assoziiert man solche Zustände mit uralten Schwarz-Weiß-Filmen, mit Kaugummi und Carepaketen und dem *Dritten Mann*. Die Vorstellung, bewaffnete US-Truppen noch heute bei uns stationiert zu sehen, ist für gelernte Austriaken ein furchtbarer Albtraum: Kriege zu verlieren ist eine Sache, täglich daran erinnert zu werden eine andere.

Wiesbaden, so habe ich gelesen, war in den vergangenen Jahrzehnten Stützpunkt der ersten US-Panzerdivision, die sich den Spitznamen *Old Ironsides* gegeben hat. Dass der Verband nach wiederholten Kampfeinsätzen im Irak erst kürzlich nach Amerika zurückbeordert wurde, weist nur scheinbar auf eine Entmilitarisierung der hessischen Landeshauptstadt hin. Tatsächlich schafft die Generalität nur Platz für das Europahauptquartier der US-Landstreitkräfte, das demnächst aus Heidelberg nach Wiesbaden verlegt wird. Durch den Umzug sollen fünfhundert Millionen Dollar amerikanischer Steuergelder in diverse deutsche Bauprojekte fließen: Reihenhäuser, Burgerbuden, Bowlingbahnen, inklusive ferngesteuerter Garagentore, Rauchmelder und Überwachungskameras. Die US Army Europe, die sich selbst als mit den Aufgaben »Führung, Aufbau, Sicherung und Abschreckung« betrautes vorderstes strategisches Heereskommando Amerikas bezeichnet, wird also ein paar Wiesbadener Kassen ganz gehörig klingeln lassen.

Eine knappe halbe Stunde, länger brauche ich nicht zu meinem Einsatzort, obwohl ich einen Umweg mache, durch den Kurpark und entlang der Wilhelmstraße Richtung Süden schlendere und erst bei der Villa Clementine meine Richtung ändere, um das Zentrum zu durchqueren. Bald habe ich die sechsspurige Schwalbacher Straße erreicht, die Wiesbaden-Mitte vom Westend trennt.

Sie trennt nicht nur zwei Stadtteile, sie trennt zwei Welten.

Hier Henkell trocken, dort Pfefferminztee, hier Ananastörtchen, dort Baklava. Bin ich gerade noch zwischen gepflegten Restaurants und teuren Boutiquen durchspaziert, tauche ich nun in eine Welt der Tabakläden und Friseure, Handyshops und Wettcafés. Die Wellritzstraße im Inneren Westend pulsiert von buntem Leben und – vor allem türkischer – Geschäftigkeit. Mit einem Schlag verstehe ich, was Jütte gestern Abend meinte, als er über die legere Note sprach, die mich für diesen Überwachungsjob prädestiniere, und ich muss (wenn auch nur ungern) zugeben: Er hatte recht. Die Muttermilch der Wiener war schon immer mit balkanisch-levantinischen Ingredienzien versetzt, sodass sie einen Hauch von nachlässiger Stoppelbärtigkeit selbst dann verströmen, wenn sie frisch rasiert im Maßanzug daherkommen. Den Preußen ist diese sinistre Aura einfach nicht gegeben.

Ich wandere also die Straße bergan und suche die Nummer des Call Shops. Auf den Trottoirs stehen junge schwarzhaarige Männer, so, als würden sie auf Taxis warten. Alte, bärtige mit Käppchen auf den Köpfen sitzen vor den Häusern, rauchen und trinken Kaffee. Obwohl ich nicht ein Wort von dem verstehe, was sie miteinander reden, ist mir die gesamte Atmosphäre angenehm vertraut: Das

Mottenloch in meinem Ärmel ist gewissermaßen heimgekehrt.

Nach wenigen Minuten habe ich mein Ziel erreicht. *Ucuz uluslararası telefon görüşmeleri, ucuz sörf Internet,* steht auf einem Schild in einem (davon abgesehen leeren) Schaufenster. Darunter, handgeschrieben: *Günstig ins Ausland telefonieren, günstig im Internet sörfen.* Schräg gegenüber glänzen Stehtische im Sonnenlicht: ein türkisches Kaffeehaus, wunderbar geeignet als Beobachtungsstation.

Ich stehe an einem der Tische und warte. Ein Stück Börek, zwei Espressi, einen Capuccino, zwei Stück Lokum, einen türkischen Kaffee und drei Glas Wasser später warte ich noch immer. Ich ziehe das Foto von Viktoria Jütte aus der Jackentasche. Sie ist blond und schmal wie ihre Mutter, wirkt aber entschieden fröhlicher. Ihr Lächeln reicht über die Mundwinkel hinaus bis zu den beiden Grübchen unter ihren Backenknochen.

Das befremdliche Verhalten von Charlotte Jütte kommt mir wieder in den Sinn. Sie scheint nicht wirklich daran interessiert zu sein, ihr Kind den Fängen der Entführer zu entreißen. Machen Sie das nicht. Was kann ich tun, damit Sie das nicht machen? Ich warte und grüble und lecke mir über die Lippen.

Vor dem Eingang des Call Shops herrscht reger Verkehr. Die Leute kommen und gehen, jüngere und ältere, kleinere und größere, türkische und noch türkischere. Sie alle wollen offenbar günstig ins Ausland telefonieren. Als sich die Sonne schon dem Westen zuneigt, lässt der Andrang langsam nach; die Lage wird – sogar für einen müden Wiener Schnüffler – überschaubar.

»Noch einen Kaffee?« Der Wirt ist klein und faltig; er trägt einen dichten weißen Schnauzbart. Dass ich seit nahezu neun Stunden einen seiner Tische okkupiere, müsste eigentlich sein Misstrauen wecken. Anzumerken ist ihm aber nichts: Er hält mich vielleicht auch für jemanden, der hier nur auf ein Taxi wartet.

Eben will ich einen weiteren Mokka ordern, als mein Handy läutet.

»Ja?«

»Er ist jetzt an der Strippe«, murmelt Jütte am anderen Ende der Leitung. »Viel Erfolg.« Schon hat er wieder aufgelegt.

»Wenn ich bittschön zahlen dürfte«, sage ich zum Wirten.

Er verzieht den Mund zu einem breiten Grinsen. »Bittschön, gnä' Herr, dankschön, gnä' Frau, habe die Ehre, Herr Hofrat«, erwidert er in breitem

Wiener Dialekt und fügt erklärend hinzu: »Mein Bruder hat ein Restaurant in Wien, da bin ich öfter zu Besuch.«

»Ah ja.«

»Im sechzehnten Bezirk, in Ottakring. *Restoran Özkök,* vielleicht kennen Sie es.«

»Tut mir leid.« Verbissen starre ich auf die andere Straßenseite.

»Schauen Sie doch einmal bei ihm vorbei. Und richten Sie ihm einen schönen Gruß von Gürkan aus.«

»Das werde ich tun«, erwidere ich und stecke das Wechselgeld ein. Im selben Augenblick schwingt vis-à-vis die Tür des Call Shops auf. Ich setze mich in Bewegung.

»G'schamster Diener, der Herr, beehren Sie uns bald wieder«, ruft mir Gürkan lachend nach.

Ein junger Mann mit weißem Kaftan, schwarzem Bart und einer filigran gehäkelten Gebetskappe tritt auf den Gehsteig. Mit gesenktem Kopf eilt er die Wellritzstraße stadtauswärts, um dann nach rechts in die Walramstraße einzubiegen. Nach knapp fünfzig Metern bleibt er stehen und nestelt einen Schlüsselbund aus seinem Umhang. Hastig zücke ich mein Handy, drücke es ans Ohr und diskutiere mit mir selbst: Telefonate auf der Straße wirken wie moderne Tarnkappen, wie Teleporter, mittels derer sich der Homo logorrhoicus electroniensis an die fernsten Orte beamt. Ein Taxi fährt langsam vorbei, und der Mann tritt ins Haus.

Ich bin zur Stelle, ehe sich die Pforte wieder schließt, und schiebe den Fuß in den Türspalt. Im Flur ist es düster. Wachsam taste ich mich bis zum Treppenabsatz vor und lausche den Schritten auf den Stufen. Sie verklingen über mir im zweiten Stock. Ich höre Kleider rascheln, dann das Knacken eines Riegels und das Knarren einer Tür. Der Widerhall im Stiegenhaus, als sie ins Schloss fällt, dröhnt wie ein plötzlicher Donnerschlag.

Nach einer Weile schleiche ich die Treppe hoch. Mein Auftrag ist schon fast erledigt; nur die Wohnung, die der Mann betreten hat, muss ich noch lokalisieren. Ich sehe bald, dass meine Chancen fünfzig-fünfzig stehen: Es gibt im zweiten Stockwerk nur zwei Türen – beide ohne Namensschild. Ich drücke mein Ohr an die erste. Keine Stimmen, kein Geräusch: Nicht das Geringste ist zu hören.

Bis mir die Bombe auf dem Schädel explodiert.

Danach herrscht wieder Grabesstille.

Der junge Moslem aus dem Call Shop hat die Arme vor der Brust verschränkt; er sitzt mir gegenüber an der Wand und starrt mich an. Aus purem Groll versuche ich zurückzustarren, doch das Licht auf meiner Netzhaut zuckt sofort als jäher Schmerz durch meinen Hinterkopf. Mehr als ein müdes Blinzeln kann ich diesen braunen, regelrecht al-kaidösen, bin-ladensken Mörderaugen nicht entgegenhalten.

Kaum hat er gemerkt, dass ich erwacht bin, brüllt der Mann etwas ins Nebenzimmer, etwas, das so klingt wie: »Hiwockap!«

»Geht das vielleicht noch lauter, blöde Islamistensau?« Ich würde mir jetzt gern die Ohren zuhalten oder meinen Kopf in Watte packen, doch meine Hände gehorchen mir nicht – sie sind mir, wie ich jetzt erst merke, auf dem Rücken festgebunden.

Während ich an meinen Fesseln zerre, nehme ich im Nebenraum eine Bewegung wahr. Mit einem launigen »Habe die Ehre, Herr Hofrat!« tritt Gürkan, der Wirt, in den Türrahmen. Er mustert mich mit einem halb belustigten, halb mitleidigen Blick.

Ich spucke vor ihm auf den Boden. »Jetzt verstehe ich. Ihr steckt hier alle unter einer Decke. Westend gegen Leberberg, gewissermaßen. Man entführt ein Mädchen aus dem sogenannten reichen Viertel, um dann mit dem Lösegeld die Terrorcamps in Pakistan zu finanzieren.«

Gürkan glotzt mich an, als hätte ich ihm gerade einen Vortrag über Quantenmechanik gehalten. Dann aber prustet er so unvermittelt los, dass ihm die Tränen aus den Augen spritzen. »Terrorcamps!«, brüllt er, vor Erheiterung völlig außer sich, »pakistanische Terrorcamps! Ihr Wiener seid wirklich geborene Kabarettisten!«

»Sind wir das? Dann sagen Sie doch einfach, was Sie sonst mit einer halben Million zu tun gedenken. Neue Mokkatassen kaufen?«

Statt einer Antwort wendet Gürkan sich nach rechts, ins andere Zimmer. Aufmunternd nickt er dort jemandem zu, den ich nicht sehen kann. Er macht einen Schritt zur Seite, und eine weitere Figur betritt die Bühne.

Es ist Charlotte Jütte.

In der Hand hält sie ein großes schwarzes Ding, das ich erst auf den zweiten Blick erkenne: eine eiserne, leicht deformierte Bratpfanne.

»Nicht böse sein, Herr Prikopa.« Sie zuckt die Achseln. »Leider haben Sie mir keine andere Wahl gelassen. Wollen Sie eine Schmerztablette?«

Schweigend schließe ich die Augen. Was gäbe ich jetzt dafür, daheim zu sein, in meinem Bett, und sei es nur für zehn Minuten. Nein, doch lieber für zehn Stunden oder Jahre oder, besser noch, für den Rest meines Lebens. Ich würde mir die Decke über den lädierten Schädel ziehen und mich zusammenrollen wie ein Embryo, und selbst der Stammtisch im *Weinhaus zum Blunzenstricker* könnte mich nie mehr aus meiner Kemenate locken.

Aber leider bin ich nicht in meinem Bett. Ich kauere auf den Parketten einer schmuddeligen Wohnung im Wiesbadener Westend, durchgeprügelt und gefesselt und begafft von einem jungen Taliban und einem alten Türken und von einer ... Ja, was ist sie denn nun eigentlich?

Charlotte Jütte. Dieses abgefeimte Miststück, diese schlimmste aller Rabenmütter und Kanaillen. Ihr eigenes Kind entführen lassen und den eigenen Mann erpressen, das ist selbst für einen alten Wiener Frauenversteher nicht zu akzeptieren, da kann die gnädige Frau Jütte noch so eine kleine, kühle Zunge haben. Außerdem – und diese plötzliche Erkenntnis lässt mich schaudern – hat sie offenbar noch Schlimmeres im Sinn: Sie gibt sich mir ganz unverhohlen zu erkennen, was nichts anderes als meinen nahen Tod bedeuten kann. Ich werde diese Wohnung nicht als Lebender verlassen. Was für ein Zynismus, mir dann auch noch eine Schmerztablette anzubieten.

Zeit gewinnen, lautet die Devise. Seinen Feind in ein Gespräch verwickeln, um ihn nach und nach mit wohlgesetzten Worten zu zermürben – alter Psychologentrick. »Wo ist Viktoria?«, frage ich.

Die Antwort kommt postwendend, doch sie kommt nicht von Charlotte Jütte.

»Hier«, erwidert eine Stimme. Eine junge blonde Frau mit zwei markanten Grübchen auf den Wangen schiebt sich durch die Tür und schenkt mir ein verständnisvolles Lächeln.

Kein Zweifel. Viktoria.

Wiesbaden ist schon ein seltsames Pflaster. Vorgeblich geordnet, sauber und korrekt, aber wehe, du lüftest den Schleier biederer Beschaulichkeit – da schlummern Abgründe. Man wird nicht einfach so zur Landeshauptstadt, ohne es faustdick hinter den Ohren zu haben.

Hinter meinen Ohren fühlt es sich gerade auch faustdick an, aber nicht im übertragenen, sondern im wahrsten Sinn des Wortes.

»Ich hätte jetzt doch gern eine Schmerztablette«, murmle ich.

»Aber sicher, gnä' Herr, dauert nur ein Momenterl.« Gürkan verschwindet im Nebenraum, während ich versuche, die bizarre neue Wendung im Fall Jütte zu verdauen.

Viktoria ist also gar nicht entführt worden, so

viel scheint nun festzustehen. Stattdessen haben sich die beiden Frauen gemeinsam daran gemacht, den alten Jütte um fünfhunderttausend Euro zu erleichtern. Gürkan und der Taliban fungieren dabei wahrscheinlich nur als Helfer: kleine Rädchen im Getriebe, die nicht schwer zu schmieren sind. Aber … Kann ich wirklich sicher sein, dass ich jetzt endlich richtigliege? Vielleicht kommt ja gleich noch Vater Jütte höchstpersönlich hereinspaziert und grinst mich an und es ist wieder alles anders.

Vater Jütte wird sich nicht die Ehre geben.

Trotzdem wird gleich wieder alles anders sein.

Viktoria tritt auf den langbärtigen Moslem zu, der nach wie vor schweigend am Boden sitzt. Sie kauert sich neben ihn und sieht mich an. »Ich weiß nicht«, sagt sie, »was mein Vater Ihnen vorgeflunkert hat, aber mit Kidnapping und Terrorcamps haben wir nicht das Geringste zu tun.« Wie zur Demonstration ihrer Worte packt sie den schwarzen Bart und zieht daran. Ein leises Schmatzen, und die Haare lösen sich vom Kinn des Mannes. Noch ein Schmatzen, als Viktoria dem solcherart expressrasierten Taliban einen saftigen Kuss auf die Lippen drückt. Sein Vollbart hängt in ihren Händen wie ein totes Frettchen.

»O Baby«, sagt der Taliban.

»Soda, Herr Hofrat, da ist Ihr Kopfwehpulverl«, schmunzelt der zurückgekehrte Gürkan und reicht mir eine Tablette.

»Mein Mann«, sagt Charlotte Jütte, »ist ein mieses, rücksichtsloses Schwein.«

»Sie müssen es ja wissen«, gebe ich zurück.

Kaum zehn Minuten sind vergangen, seit ich Gürkans Kopfwehpulverl geschluckt habe. Inzwischen aber sitzen wir zu fünft in der winzigen Küche der Wohnung, rauchen und trinken Kaffee. Man hat mir die Armfesseln abgenommen, dafür sind jetzt meine Unterschenkel an die Stuhlbeine gebunden – nur damit ich keinen Unsinn mache, hat Charlotte Jütte mir erklärt. Ich reibe mir die Handgelenke und betaste vorsichtig die Beule an meinem Hinterkopf. Das Schmerzmittel in meinem Magen wirkt bereits.

Nicht ganz so leicht verdaulich ist die Geschichte, die mir die anderen gleich auftischen werden.

»Leider ist mein Vater wirklich eine Drecksau«, sagt Viktoria. Vor lauter Zorn verschwinden ihre Wangengrübchen, als sie anfängt zu erzählen.

Alles hat an einem Samstagabend im vergangenen Herbst begonnen, den Viktoria mit ein paar Studienkollegen in einem Pub im Zentrum Wiesbadens verbrachte. An der Bar kam sie mit einem jungen amerikanischen Soldaten namens Nelson ins Gespräch, und als die Sperrstunde längst überschritten war, saßen die beiden noch immer zusammen.

»Darf ich vorstellen: Nelson«, sagt Viktoria Jütte und zeigt auf den Taliban.

»Hey, guy.« Er winkt mir freundlich zu.

Viktoria und Nelson trafen einander wieder. Sie verliebten sich, und mit der Liebe kamen die Probleme. Nelson hatte nämlich noch drei Jahre bei der Army abzudienen, aber seine Division war nach Amerika zurückbeordert worden; die Verlegung war bereits im Gange.

»Verstehe«, sage ich. »Die erste US-Panzerdivision, Old Ironsides.«

»He's good, man!« Nelson streckt mir eine Hand entgegen, und ich klatsche ab.

Viktoria war um einiges pragmatischer veranlagt als ihr neuer Freund. Ihr Studium abzubrechen und ihn ins texanische El Paso zu begleiten, kam für sie bei aller Liebe nicht infrage. Jahrelang von ihr getrennt zu sein, war wiederum für ihn keine Option. A man's gotta do what a man's gotta do: Eines Morgens fehlte Nelson beim Appell. Er war desertiert.

Am selben Abend nahm Viktoria ihn mit nach Hause in die Sonnenberger Straße und bat ihre Eltern, ihm zu helfen. Interessanterweise zeigte sich ihr Vater damals rasch bereit, den jungen Mann für ein paar Wochen zu verstecken, während ihre Mutter strikt dagegen war. Sie wollte nicht riskieren, wegen eines fahnenflüchtigen GIs in Schwierigkeiten zu geraten.

»Unerhört«, sagt Charlotte Jütte und schüttelt den Kopf. »Vom eigenen Fleisch und Blut ins Kriminal gebracht zu werden.«

»Mensch, Mama«, grinst Viktoria.

»Wieso ins Kriminal?«, werfe ich ein. »Was geht ein US-Army-Amideserteur die Deutschen an?«

Charlotte seufzt. Sie spricht ganz langsam, dessen eingedenk, dass ich als Österreicher völlig unbeleckt von weltpolitischen Belangen bin. »Herr Prikopa, wir Deutschen sind nun einmal bei der NATO. Und das heißt, dass unsere Polizei die Amerikaner unterstützen muss, auch bei der Fahndung nach gewissen jungen Herren, denen das Nachthemd meiner Tochter näher ist als ihr eigener Uniformrock.«

»Mensch, Mama.«

»Ich verstehe«, sage ich. »Und was ist dann passiert?«

»Mein Mann und seine Machenschaften, das ist dann passiert«, erklärt Charlotte Jütte.

Zwei Monate verbrachte Nelson als U-Boot im Haus der Familie. Der Vater stellte sich noch immer hinter ihn, er fand, man solle noch ein wenig Gras über die Sache wachsen lassen, ehe man weitere Pläne mache. Nelson war zufrieden mit dem Arrangement, er hatte alles, was er brauchte: einen Schlafplatz, warmes Essen und Viktoria. An jedem Donnerstag um siebzehn Uhr benutzte er das Telefon in Jüttes Arbeitszimmer, um bei einem Postamt in Atlanta anzurufen. Seine Eltern warteten dort schon sehnlich auf das wöchentliche Lebenszeichen ihres Sohnes. Sie verstanden, dass der Apparat in ihrem Haus nicht sicher war – die Militärverwaltung hatte schließlich ihre Nummer, und so hätte man den Anruf leicht zurückverfolgen können.

Vor zwei Wochen war Charlottes Ärger so weit angewachsen, dass sie sich entschloss, den unerhörten Zustand zu beenden. Sie ging ins Büro ihres Mannes, um ihn zur Rede zu stellen – und verharrte vor der Tür, die einen Spaltbreit offen stand. Sie konnte Jüttes Stimme hören; offenbar telefonierte er gerade. Er sprach Englisch und klang hochgradig erregt.

Was sie in den nächsten Minuten erlauschte, war so schändlich und infam, dass es ihr ganzes Weltbild aus den Angeln hob.

»Sie müssen wissen«, sagt Charlotte, »dass mein Mann bei einigen seiner Klienten ziemlich in der Kreide steht. Besonders einer, ein hiesiger Bauunternehmer, hat einen Batzen Geld durch ihn verloren, so viel, dass seine Firma fast in den Bankrott geschlittert wäre. Vermögensverwalter? Dass ich nicht lache. Vermögensverzocker sollte sich mein lieber Gatte nennen. Ein paar Börsenspekulationen, und schon hat er drei Millionen in den Sand gesetzt. Ich meine, mies und rücksichtslos zu sein, ist eine Sache, aber nicht einmal Erfolg damit zu haben?«

Wütend schnaubt Charlotte Jütte auf.

Viktoria nutzt die Pause und ergreift wieder das Wort. »Vielleicht haben Sie noch nichts davon gehört, Herr Prikopa, aber in Wiesbaden wird bald ein riesiges Bauprojekt entstehen. Die europäische Zentrale der US-Armee wird nämlich hierher übersiedeln.«

»Ja, ich weiß, nach Erbenheim.«

»Yeah, Örbenheim«, lässt Nelson sich vernehmen und streckt mir wieder seine Hand entgegen. Doch ich reagiere nicht.

Ich sitze da und lausche tief in meinen Kopf und spüre, wie der Groschen fällt.

»Mein Gott«, entfährt es mir, »das ist ja wirklich eine Sauerei.«

»Respekt, Herr Hofrat«, Gürkan nickt mir zu. »Mir scheint, Sie haben's endlich kapiert.«

Ich habe es kapiert. Der alte Jütte ist tatsächlich eine Drecksau, wie sie ihresgleichen sucht. Um seine Spielschulden zu tilgen, kam ihm Nelson gerade recht: ein Deserteur der US Army, die – welch glückliche Fügung – gerade eine halbe Milliarde Dollar für den Umzug ihres Hauptquartiers zu verteilen hatte. Nelson war von Anfang an nicht mehr als eine Schachfigur, ein Bauer, den man opfert, wenn man dafür einen Turm bekommt. Acht Wochen lang hat Jütte mit den Amerikanern verhandelt, um im Austausch gegen Nelson einen lukrativen Auftrag für seinen Klienten aus der Baubranche zu ergattern.

»Wieso der Sinneswandel?«, frage ich Charlotte Jütte. »Auf die Art wären Sie ihn endlich los gewesen.«

»Auch wenn dieser junge Mann durchaus nicht meiner Vorstellung von einem Schwiegersohn entspricht, er ist nun einmal der Freund meiner Tochter«, erwidert sie kühl.

Nachdem sie das Spiel ihres Mannes durchschaut hatte, griff sie zum Telefon, um einen alten Schulkollegen anzurufen: Gürkan Özkök, einen

Einwanderer der sogenannten ersten Generation, von dem sie wusste, dass er mittlerweile drei Lokale und zwei Mietshäuser im Westen Wiesbadens besaß. Er war sofort bereit zu helfen, und so kam es, dass Viktoria und Nelson noch am selben Tag im Westend untertauchen konnten. Gürkan war es auch, der Nelson seinen Tarnanzug verschaffte: Gebetsmütze, Kaftan und Bart, die unamerikanischste Verkleidung, die man sich seit Nine Eleven vorstellen konnte.

Vater Jütte schäumte. Sein Geschäft mit der Army war kurz vor dem Abschluss gestanden. Er entschloss sich, Nelson aufzuspüren, und dessen wöchentliche Anrufe nach Georgia gaben die perfekte Fährte ab. Die Telefonnummer des Postamts in Atlanta war nicht schwer zu eruieren: Jütte konnte sie – im Gegensatz zu den deutschen Kriminalbeamten und den amerikanischen MPs – am Display seines Apparats ablesen. Er hatte Kontakte, und er wusste sie zu nutzen: Gleich am nächsten Donnerstag ließ er Nelsons Anruf zu dem Call Shop in der Wellritzstraße zurückverfolgen.

Seine eigenen Leute (offenbar zwei Typen namens Daniel Hechter und Jean-Paul Gaultier) auf Nelson zu hetzen, war keine Option (eine private Razzia im Türkenviertel wäre wohl nicht so gut angekommen), also brachte er mich ins Spiel: einen arglosen Wiener, der ihm sein Märchen von Viktorias Entführung abkaufen und ihn zu Nelsons Versteck führen würde.

»Wie viel hat Ihnen mein Mann geboten?«, unterbricht Charlotte Jütte meine Überlegungen.

»Genug, wenn alles glattgegangen wäre. Aber unter diesen Umständen … Ich hätte auf Ihr Angebot von gestern Abend eingehen sollen, gnä' Frau.«

»Gnä' Frau!«, lacht Gürkan auf, während Charlotte – so wie auch gestern mein kleiner Soldat – ganz steif und rot wird.

»Konzentrieren wir uns lieber auf die Gegenwart, Herr Prikopa. Ich bin bereit, die Auftragssumme meines Mannes zu verdoppeln, wenn Sie uns ein wenig unterstützen.«

»Und wenn nicht?«

»Dann bleiben Sie unser Gast, und zwar auf unbestimmte Zeit.«

»Moment, da muss ich nachdenken … Okay, was soll ich tun?«

»Wo sind Sie denn gewesen, Mann? Seit Stunden warte ich auf Ihren Anruf!«

Jütte steht vor dem Portal seines Palasts, erhaben und despotisch wie ein echter Nassauer. Die Scheinwerfer erhellen seinen mineralwassergestählten Körper.

»Tut mir leid, mein Handy ist kaputt«, erwidere ich und hole meine Zigaretten aus der Hosentasche. »Auch eine?« Ich halte ihm die geöffnete Schachtel hin.

»Wollen Sie mich umbringen?«

Pikante Frage. So pikant, dass ich mir ein verhaltenes Kichern nicht verkneifen kann. »Für einen Mord, Herr Jütte, müssten Sie mir schon das Doppelte bezahlen. Nein, ich habe gute Nachrichten für Sie: Die Sache ist erledigt.«

»Bravo, das lob ich mir. Also, wo ist meine Tochter?«

»In Sicherheit, da kann ich Sie beruhigen. Den Entführer habe ich auch gleich mitgebracht.«

»Sie machen Witze, oder?«

Aus dem Dunkel tritt in wogendem Gewand der Taliban. Sein imposanter Vollbart wippt im Rhythmus seiner Schritte.

»Hi, Daddy«, sagt Nelson.

Jütte reagiert sofort. Er dreht sich auf dem Absatz um und läuft. »Bruno!«, brüllt er, kurz bevor er das Tor erreicht. »Bruno!«

Dieser Ruf ist mein Einsatzbefehl, und so ziehe ich wohl oder übel die verbeulte Bratpfanne aus meiner Jacke. »Außer meinem Mann wird nur sein Sekretär im Haus sein«, hat Charlotte Jütte mich vor einer halben Stunde instruiert. »Der Schlägertrupp, der sonst die Drecksarbeit für ihn erledigt, hat auf unserem Grundstück nichts verloren. Sie brauchen also einzig und alleine Bruno ruhigzustellen, damit sich Nelson ungestört … um meinem Mann kümmern kann.«

Sekunden später stehe ich im Vorraum der Jütte'schen Villa. Aus dem Arbeitszimmer höre ich, wie Nelson sich bereits um Jütte kümmert – nicht gerade Sphärenklänge, aber in Familien herrscht eben nicht immer Harmonie. Ich lausche in die andere Richtung, aus der sich hurtige Schritte nähern. Schon schlingert Bruno um die Ecke, offenkundig frisch aus dem Solarium im Keller: Er trägt nur ein weißes Handtuch und eine schwarze Pistole. Durch sein zügiges Tempo beschleunigt, kracht die Bratpfanne auf seine Stirn – ein Dröhnen wie der letzte Gong in einem Boxring, und der braune Bruno wirft das Handtuch. Dass der letzte Gong zugleich den letzten Gang von Jüttes Büttel eingeläutet hat, erweist sich erst bei näherer Betrachtung seiner Physiognomie: Die obere Hemisphäre seines Schädels ist zwar nur ein bisschen eingebuchtet, aber aus den

Augen sickert Blut. Ich schließe sie ihm. Man hilft eben, wo man kann.

Auch im Büro ist mittlerweile Stille eingekehrt. Der alte Jütte sitzt in seinem Arbeitssessel, so entspannt, als machte er ein Nickerchen. Hinter dem Sessel steht Nelson und misst ihm den nicht mehr vorhandenen Puls. Ein friedliches Bild. Als Nelson mich bemerkt, nickt er mir zu und streckt mir lächelnd seine Hand entgegen.

Ich klatsche ab.

Der Rest der Geschichte ist rasch erzählt. Die beiden Leichen haben wir – Stück für Stück – im großen Saunaofen eingeäschert (die Sauna im Keller ist nämlich der einzige Raum ohne Rauchmelder), die Knochenreste im Kurpark vis-à-vis vergraben. Charlotte Jütte hat schon tags darauf erfolgreich das Gerücht verbreitet, dass ihr Mann mit seinem heimlichen Geliebten Bruno Richtung Südamerika geflüchtet sei, um seinen Gläubigern aus der Baubranche zu entgehen.

Apropos Charlotte Jütte: Unlängst habe ich erfahren, dass sie wieder geheiratet hat. Sie heißt jetzt Özkök, und ihr neuer Gatte Gürkan ist angeblich der erste Türke, der am Wiesbadener Meldeamt mit der Adresse Sonnenberger Straße registriert ist.

Viktoria hatte in der Liebe nicht so großes Glück: Sie musste sich am Ende doch von Nelson trennen, weil in Wien kein adäquates Gegenstück zur European Business School zu finden war und sie partout ihr Studium fortführen wollte, während Nelson mich begleitet hat. Ja, Nelson ist in Österreich, in einem sicheren Drittland sozusagen. Dass ich mich bereit erklärte, ihm hier eine Unterkunft und Arbeit zu verschaffen, hat Charlotte mir mit einer weiteren Erhöhung meines Honorars vergütet.

Ich sitze im *Weinhaus zum Blunzenstricker* und warte auf den Kellner. Während ich mit meinen Freunden scherze, lasse ich den Blick zur Wand über dem Stammtisch wandern. *Gestiftet von unserem Freund und Weggefährten Prikopa,* steht dort zu lesen. Und darüber hängt Charlottes Dankeschön: ein farbenprächtiges Gemälde, ein echter Jawlensky. Fröhlich zünde ich mir eine Zigarette an.

Dann, endlich, taucht der Kellner auf.

»Geh, gib mir noch ein Viertel«, rufe ich ihm zu.

»Yeah, man«, antwortet Nelson.

DAS MÄDCHEN MIT DEN SCHWEFELHÖLZERN

Es war entsetzlich kalt; es schneite und der Abend dunkelte bereits. Es war der letzte Abend im Jahr, Silvesterabend. In dieser Kälte und in dieser Finsternis ging auf der Straße ein Mädchen mit langen Beinen und mit einem kurzen Röckchen. Die Schneeflocken fielen auf ihre blond gefärbten Haare, die sich samtig schön um ihren Nacken lockten. In einem kirschroten ledernen Täschchen trug das Mädchen eine Menge Schwefelhölzer.

Während des ganzen Tages hatte sie erst drei von den Hölzchen verwendet: eines, um das Öflein anzuheizen, das ihre feuchte und düstere Kammer nur leidlich erwärmte. Dann ein zweites, um das Talglicht zu entzünden und sich eine Zigarette anzustecken. Ein drittes schließlich für die Kerze auf dem Grab ihrer Eltern.

Sieben Jahre war es nun schon her …

Der Vater hatte sie und ihre Mutter schlecht und recht ernährt. Jeden Morgen war er aufgebrochen, um in einem großen, herrschaftlichen Hause am anderen Ende der Stadt seine Arbeit zu verrichten. GLOBALKREDIT stand in riesigen marmornen Lettern über dem mächtigen Eingang, den der Vater freilich nicht benutzen durfte. Durch eine Seitentür musste er sich ins Innere des Palasts stehlen, über enge, gewundene Treppen hinab in den Keller, wo er im fahlen Halblicht der Neonröhren Zahlenkolonnen in einen Computer tippte. Spätabends erst kam er nach Hause; dann ließ er sich müde und grau in den alten, zerschlissenen Lehnstuhl sinken. Wenn nun aber sie, die Kleine, ihm seine Pantoffeln brachte, glitt ein Lächeln über seine matten Züge. Er beugte sich vor und nahm sie und drückte sie an sich, derweil auch die Mutter herbeilief, dem Vater einen zarten Kuss auf die Stirn zu drücken. Es war ein braves und biederes Leben, bescheiden zwar, aber man lebte.

Bis vor sieben Jahren.

Da hatte der Vater den nachtblauen Umschlag bekommen. Weihnachtszeit, der Bote ächzte unter seiner Last. Trotz seiner eigenen Mühsal schenkte er dem Vater einen teilnahmsvollen Blick, als dieser das Kuvert entgegennahm. Das sei heut schon der vierundzwanzigste, so meinte er betrübt, und alle von GLOBALKREDIT.

Am nächsten Tag war der Vater nicht mehr zur Arbeit gegangen. Er war nur recht traurig im Lehnstuhl gesessen, und als die Kleine nach dem Grund für seinen Kummer fragte, da hatte er die Zeitung in die Hand genommen, um ihr ein Geschichtlein daraus vorzulesen. In dem Märchen ging es um das Herrschaftshaus am anderen Ende der Stadt, um all die Generäle und Minister, die darin wohnten, schließlich um den König dieser Generäle und Minister, den man den Mann mit den wendigen Händchen nannte. Die Geschichte erzählte, wie sich der Mann mit den wendigen Händchen seinen größten Traum erfüllte.

»Welchen Traum?«, fragte das Mädchen.

»Den, sich eine goldene Nase zu verdienen«, sagte der Vater. »So ein goldenes Näslein hat sich der König von GLOBALKREDIT seit eh und je gewünscht, und nun hat er sein Ziel beinah erreicht.«

»Sag, woher nimmt er denn das ganze Gold?«, fragte da das Mädchen erstaunt.

»Von deinem Vater«, gab leise der Vater zurück. »Und von vielen anderen Vätern. Denn wir dürfen ihm ab heute nicht mehr dienen, und so steht auch er nicht mehr in unserer Schuld. Das Holz für unser

Öflein, das Korn für unser Brötlein, die Milch für unser Käslein, er spart es für sein Näslein.«

Die Kleine dachte lange nach. »Und wenn du mit ihm sprichst?«, fragte sie schließlich. »Wenn du ihn einfach darum bittest, dich in seinen Diensten zu lassen?«

Der Vater strich ihr lächelnd übers Haar. »Es wäre vergebens; so ist das Gesetz«, erklärte er ruhig.

Hungrig und fröstelnd schleppte sich das Mädchen die Straße entlang. Aus allen Fenstern strahlte heller Lichterglanz und über alle Straßen verbreitete sich der Geruch von köstlichem Gänsebraten. Es war ja Neujahrsabend, und dieser Gedanke erfüllte alle Sinne des Mädchens.

Sieben Jahre …

Es war die Mutter, die schließlich zum Herrschaftshaus ging. Einen Tag und eine Nacht lang musste sie warten, ehe sie zu einem der Minister vorgelassen wurde. Der Minister schien ein herzensguter Mann zu sein. Geduldig hörte er sich ihr Begehr an, nickte ab und zu verständnisvoll und sagte endlich mit weicher und gütiger Stimme, dass er der Mutter helfen wolle. Ein anderer Palast, darin er gleichfalls ein Ministeramt bekleide, würde gewiss ihrer Dienste bedürfen; sie solle nur rasch darin vorsprechen.

Und so machte sich die Mutter denn zu jenem anderen Prunkschloss auf, das den glanzvollen Namen GLOBALMED über der breiten gläsernen Pforte trug. Ein Hofmarschall mit alabasterfarbenem Gehrock empfing sie, um sie sogleich in einen lichtdurchfluteten Saal zu führen, der neben vielen sauberen Bettchen auch allerlei seltsame Apparaturen und Gerätschaften barg. In dem Saal waren zahllose Kammerherren zugange, und allesamt trugen sie strahlende schneeweiße Mäntelchen. Hei, wie der Anblick der emsigen Schar die Mutter erfreute! Sie durfte sich auch auf eines der Bettchen setzen, ganz neugierig schon auf die Dienste, die ihr wohl bald aufgetragen würden. Zunächst aber gab ihr der Hofmarschall ein Briefchen, unter das sie ihren Namen setzen musste. In dem Briefchen stand, dass man ihr drei Gulden schenken würde und dass sie aus freiem Willen hergekommen war. Da küsste die Mutter dem Hofmarschall die Hände und schrieb glücklich ihren Namen auf das Briefchen. Schnipp! Schon eilte flugs ein weißer Kammerherr herbei. Er hielt ein feines Nädelchen zwischen den Fingern, und eh sich's die Mutter versah, da hatte er sie mit der Nadel gestochen.

In einem Winkel zwischen zwei Häusern blieb das Mädchen stehen und kauerte sich nieder. Wie bitter sie fror! Aber heimgehen wollte sie nicht, denn kalt war es ja auch in ihrem Kämmerlein: Da hatte sie gerade das Dach über sich, und der Wind pfiff gar grausam herein, obschon Lumpen und Stroh in die größten Spalten gestopft waren. Nein, es war immer noch besser hier draußen, wo der feine Bratenduft die Luft erfüllte.

Dieweil die Mutter auf dem sauberen Bettchen im gläsernen Prunkschloss saß, wurde dem Vater ein weiterer nachtblauer Umschlag gebracht. Es sei heut schon der vierundzwanzigste, so meinte der Bote recht traurig, und alle kämen sie von GLOBAL-HOME.

Kaum hatte der Vater das Schreiben gelesen, da schloss er die Augen und schüttelte gramvoll den Kopf. Und als die Kleine nach dem Grund für seinen Kummer fragte, da nahm er sie sacht in die Arme, um ihr ein Geschichtlein zu erzählen. In dem Märchen ging es um einen anderen Prachtbau am Ende der Stadt, um all die Generäle und Minister, die darin wohnten, schließlich um den König dieser Generäle und Minister, den man den Mann mit dem steinernen Herzen nannte. Die Geschichte handelte davon, wie sich der Mann mit dem steinernen Herzen seinen größten Traum erfüllte.

»Welchen Traum?«, fragte das Mädchen.

»Den, sich eine goldene Nase zu verdienen«, sagte der Vater. »So ein goldenes Näslein hat sich der König von GLOBALHOME seit eh und je gewünscht, und nun hat er sein Ziel beinah erreicht.«

»Sag, woher nimmt er denn das ganze Gold?«, fragte da das Mädchen erstaunt.

»Von deinem Vater«, gab leise der Vater zurück. »Und von vielen anderen Vätern. Denn wir dürfen nicht in unserem Häuschen bleiben, und so wird recht bald ein anderer hier wohnen, der dem König mehr bezahlen kann. Das Holz für unser Öflein, das Korn für unser Brötlein, die Milch für unser Käslein, er spart es für sein Näslein.«

Die Kleine dachte lange nach. »Und wenn du mit ihm sprichst?«, fragte sie schließlich. »Wenn du ihn einfach darum bittest, uns unser Häuschen zu lassen?«

Der Vater versuchte zu lächeln, doch es wollte ihm nicht recht gelingen. »Es wäre vergebens; so ist das Gesetz«, erklärte er ruhig.

Die kleinen Hände des Mädchens waren beinah tot vor Kälte. Ach, wie gut musste ein Schwefelhölzchen tun! Wenn sie nur wagen dürfte, eines aus dem Bund zu ziehen, es gegen die Wand zu streichen und die Finger daran zu wärmen! Doch nein: Sie würde die Hölzchen noch brauchen.

Am Abend kam die Mutter aus dem Glaspalast von GLOBALMED nach Hause und zeigte dem Vater voll Stolz die drei Gulden, die man ihr gegeben hatte. Noch in dieser Nacht jedoch kam eine schwere Krankheit über sie, mit einem Mal war sie ganz matt und fahl und glühte doch am ganzen Leib. Dieweil nun der Vater, so hurtig er konnte, die Gulden nahm, um Medizin zu holen, warf sich die Mutter auf der Bettstatt hin und her; sie klagte recht bitter vor Schmerz.

Der Vater kehrte schon bald sehr bekümmert nach Hause zurück. Und als die Kleine nach dem Grund für seine Schwermut fragte, da meinte er düster, er habe nichts ausrichten können; für gute Arznei seien seine drei Gulden zu wenig gewesen. Und dann schlug er die Hände vors Gesicht und raufte sich zornig das schüttere Haar, und während er gar viele Tränen vergoss, erzählte er stockend und bebend ein letztes Geschichtlein. In dem Märchen ging es um das Herrschaftshaus, darin die Mutter gestern noch gewesen war, um den Palast von

GLOBALMED, um all die Generäle und Minister, die darin wohnten, schließlich um den König dieser Generäle und Minister, den man den Mann mit der sauberen Weste nannte. Die Geschichte handelte davon, wie sich der Mann mit der sauberen Weste seinen größten Traum erfüllte.

»Welchen Traum?«, fragte das Mädchen.

»Den, sich eine goldene Nase zu verdienen«, stieß der Vater hervor. »So ein goldenes Näslein hat sich der König von GLOBALMED seit eh und je gewünscht, und nun hat er sein Ziel beinah erreicht.«

»Sag, woher nimmt er denn das ganze Gold?«, fragte da das Mädchen erstaunt.

»Von deinem Vater«, gab heiser der Vater zurück. »Und von vielen anderen Vätern. Er vergiftet für drei Gulden unsere Frauen, um seine Arznei zu erproben; doch wenn wir einmal seiner Medizin bedürfen, müssen wir ihm sieben dafür zahlen. Das Holz für unser Öflein, das Korn für unser Brötlein, die Milch für unser Käslein, er spart es für sein Näslein.«

Die Kleine dachte lange nach. »Und wenn du mit ihm sprichst?«, fragte sie schließlich. »Wenn du ihn einfach darum bittest, dir die Medizin zu schenken?«

Der Vater wandte sich ab. Seine Stimme war

nur noch ein Flüstern. »Es wäre vergebens; so ist das Gesetz.«

Das Mädchen führte die klammen Fäuste zum Mund und hauchte sie an; es zwang sich, die schon fast erstarrten Beine auszustrecken. Wie gerne wäre es noch eine Weile hier sitzen geblieben, in Ruhe und Frieden, im würzigen Duft nach gebratenen Gänsen, im lautlosen Tanz der kristallenen Flocken.

Sechs Tage lang lag die Mutter danieder; am siebenten aber, es war schon der Silvestermorgen, da nahten mit großen Maschinen und Hämmern acht kräftige Männer; es waren die Knappen von GLOBALHOME. Und sie sagten dem Vater, dass sie das Häuschen noch heute kaputtmachen würden, denn ihr König habe es befohlen. Er wolle ein größeres Häuschen errichten, darin eine Menge von Vätern und Müttern und Kindern Platz finden würden, und sie alle müssten dann dem König viele Gulden dafür zahlen.

So kam es, dass die Mutter nicht länger liegen durfte; sie musste sich zitternd von ihrem Lager erheben und, auf den Arm des Vaters gestützt, ins frostkalte, klirrende Freie schleppen. Und als ihre Beine versagten und sie ganz elend zu Boden sank, da rang der Vater die Hände; er drehte sich um und lief flink in das Häuschen zurück, eine wärmende Decke zu holen.

Es war wie ein Wunder, ein schreckliches Wunder, denn die Eltern hauchten just zur selben Zeit ihr Leben aus. Ein letztes Mal noch wurde der kraftlose Körper der Mutter vom wütenden Fieber geschüttelt, während die Wände des Häuschens mit lautem Gepolter über dem Vater zusammenstürzten. Dann, so schien es der Kleinen, legte ein gnädiger Engel die samtenen Schwingen über die Stadt, so still war es plötzlich um sie.

An einem Vorsprung der steinernen Mauer zog sich das Mädchen nun hoch, um hölzern und steif ein paar Schritte zu tun. Es durfte nicht hierbleiben, musste rasch weitergehen, um in der eiskalten Nacht nicht noch den Tod zu finden. Ein bitteres Lächeln umspielte die Lippen des Mädchens.

Gerechtigkeit, nichts als Gerechtigkeit hatte sie damals gesucht. Und also war sie zum Palast von GLOBALLAW gegangen, weil es hieß, dass dort ein Fürst regierte, der Gerechtigkeit auf seine Fahnen geschrieben hatte. Zwar war jener Fürst nicht zugegen, doch statt seiner empfing sie ein Hofmarschall in einem schwarzen Rock. Sogleich klagte sie ihm ihr Leid, und der Hofmarschall blickte recht väterlich über den Rand seiner goldenen Brille. Kaum hatte sie fertig gesprochen, da nickte er nachdenklich, räusperte sich und hub an, ihr ein Geschichtlein zu erzählen. In dem Märchen ging es um gar viele Herrschaftshäuser, um die Generäle und Minister, die darin wohnten, schließlich um die Könige der Generäle und Minister, die man allesamt die grauen Eminenzen nannte. Die Geschichte handelte davon, wie sich die grauen Eminenzen vor Kummer und Sorge verzehrten, wie sie tagein und tagaus um das Wohl ihres Volkes und Hofstaates bangten, wie sie sich grämten und härmten, solange auch nur der Geringste ihrer Untertanen Not und Armut litt. Die grauen Eminenzen träumten nämlich alle nur denselben Traum.

»Welchen Traum?«, fragte das Mädchen.

»Den, alle Menschen recht glücklich zu machen«, meinte der Hofmarschall milde. »Und sie werden dieses Ziel schon bald erreichen.«

Die Kleine dachte lange nach. »Dann wollt Ihr mir also nicht helfen?«, fragte sie schließlich.

»Es wäre vergebens; so ist das Gesetz«, bestätigte lächelnd der Hofmarschall.

»Und wo wird das Gesetz gemacht?«

Der Hofmarschall wurde auf einmal ganz ernst, und er starrte sie an und beugte sich zu ihr und sagte mit schneidender Stimme: »Im Haus aller Häuser, am Hof aller Höfe inmitten der Stadt.«

Da dankte das Mädchen recht artig und wollte schon fortgehen, aber der Hofmarschall rief sie zurück. »Die Belehrung kostet zehn Gulden«, versetzte er streng.

Die Schritte des Mädchens knirschten im Schnee. In weißen Wölkchen stieg ihr Atem auf zu den Laternen, die unter dem Nachthimmel glommen. Von heiteren Flocken umwirbelt reihte sich Licht an Licht; eine glitzernde Kette, die ihr den Weg durch die finsteren Häuserschluchten wies. Recht lange ging sie so und ihre Füße schmerzten sehr; mit einem Mal jedoch stand sie vor dem Palast von GLOBALLAW.

Zehn Gulden! Sie hatte ihr Lebtag noch keine zehn Gulden in Händen gehabt. Und so flehte und bettelte sie, doch der Hofmarschall hob nur bedauernd die Hände und meinte: »So ist das Gesetz.« Und er gab ihr ein Briefchen, unter das sie ihren Namen setzen musste. In dem Briefchen stand, dass sie dem Hofmarschall zehn Gulden schulde, dass ihr dieser aber eine Gnadenfrist von sieben Tagen gewähre, um die vierzehn Gulden zu bezahlen.

»Vierzehn Gulden?«, rief da ganz erschrocken die Kleine.

Der Hofmarschall schwieg; er musste auch gar nichts mehr sagen. So war das Gesetz.

Danach war das Mädchen recht lange verzagt durch die Straßen gelaufen. Wo sollte sie nur vierzehn Gulden herbekommen? Sie konnte ja nichts, sie war ja noch klein und hatte kein Handwerk gelernt! Doch wie sie so mutlos umhergeirrt war, da hatte das Schicksal mit einem Mal Milde gezeigt. Denn ein Fremder, der plötzlich des Weges kam, hatte sich ihrer erbarmt; er hatte sie mit in sein Häuschen genommen und dreimal getröstet; und weil ihr danach noch viel kläglicher war als zuvor, da hatte er ihr einen glänzenden Gulden geschenkt. Und ehe die Kleine ihr Glück noch begriff, war der nächste Fremde des Weges gekommen. Auch er nahm sie mit und tröstete sie und gab ihr zum Abschied ein Geldstück. So kam es, dass sie noch vor Ablauf der Frist ihre vierzehn Gulden zusammenhatte; geschwind lief sie zum Hofmarschall von GLOBALLAW und brachte ihm die Münzen. Weil ihr aber immer noch düster und elend ums Herz war und weil sie kein warmes Zuhause mehr hatte, ließ sie sich auch weiterhin von einer Menge Fremder trösten.

Sieben Jahre …

Endlich zog das Mädchen eines der Hölzchen heraus. Ritsch! Wie das sprühte, wie es brannte. Es war eine warme klare Flamme wie eine kleine Kerze, als sie die Hand darum hielt; es war ein wunderbares Licht! Mit glänzenden Augen hielt sie nun das Hölzchen an das Eingangstor von GLOBALLAW, und wirklich: Bald schon leckten hohe Flammen an den Balken, fraßen sich hurtig ins Innere. Mit einem Mal schien es dem Mädchen, als säße es vor einem glühenden Ofen mit Messingbeschlägen; das Feuer brannte so herrlich, wärmte so gut. Darum fiel es ihr schwer, sich von dem lodernden Palast zu trennen, aber sie tat es gleichwohl, denn die Nacht war noch jung und sie hatte noch zahlreiche Hölzchen in ihrem kirschroten ledernen Täschchen.

Beschwingt und frohgemut lief sie zum nächsten Herrenhaus weiter; es war jenes, auf dem GLOBALMED geschrieben stand. Voll freudiger Erregung nahm sie eines der Schwefelhölzchen aus dem Täschchen, und es dauerte nicht lange, da brannte auch dieser Palast wie eine riesige wärmende Fackel über der Stadt.

Sie zündete ein neues Hölzchen an, sobald sie zum Prunkschloss von GLOBALHOME kam. Da strahlten bald Tausende Lichter aus den zerborstenen Fenstern, und das Mädchen stellte sich vor, dass es die hellen Sterne des Nachthimmels wären. Mit freundlichem Knistern fiel einer von ihnen herab und zog einen langen Feuerstreifen durch die Finsternis. »Jetzt stirbt jemand«, hauchte das Mädchen, »denn wenn ein Stern fällt, steigt eine Seele zu Gott empor.«

Auf dem Weg zum Herrenhaus von GLOBALKREDIT kam sie inmitten der Stadt an einem sehr schönen und Ehrfurcht gebietenden Tempel vorbei. Sie wusste gleich, dass dies der Ort war, den ihr der Hofmarschall beschrieben hatte: das Haus aller Häuser, der Hof aller Höfe, in dem das Gesetz gemacht wurde. Also kramte sie in ihrem Täschchen, um zu sehen, wie viele Schwefelhölzchen ihr geblieben waren. Und weil sie gerade noch zwei besaß, so rieb sie das eine gleich gegen die Pforte und ließ auch den Tempel in heiteren, lohenden Flammen erstrahlen. Da jauchzte das Mädchen vor Freude und klatschte vergnügt in die Hände. Die Kälte, der Hunger, die Angst, sie waren mit einem Mal wie weggewischt, wie ein Albtraum aus beinah vergessenen Zeiten.

Das Mädchen verweilte nur kurz bei dem Tempel; schon lief sie, nein: wirbelte über den Schnee, bis vor ihr der mächtige Marmorpalast von GLOBALKREDIT aus der Dunkelheit tauchte. Hier also hatte ihr Vater so lange und treu seine Arbeit getan, hier hatte alles begonnen.

Das letzte Schwefelhölzchen wurde angestrichen, es brannte, es leuchtete, und an der Stelle der Pforte, durch welche die Flammen bald züngelten, wurde es durchsichtig wie ein Flor. Die Kleine sah in einen Festsaal hinein, wo eine Tafel mit schneeweißen Tischtüchern und Porzellan gedeckt stand, und köstlich dampften mit Pflaumen und Äpfeln gefüllte gebratene Gänse darauf. Um die Tafel jedoch saßen viele sehr vornehme Herren, die tranken erlesenen Wein aus kristallenen Gläsern und führten mit silbernen Gabeln und Messern manierlich den Braten zum Mund. Am unteren Ende des Tisches erkannte das Mädchen den Hofmarschall, der ihr für vierzehn Gulden so hilfreich zur Seite gestanden war. Dann fiel ihr Blick auf das andere Ende, wo sie ein seltsames Blitzen und Gleißen gewahrte. Und siehe: Es waren die Nasen der Herren, die dort saßen; sie funkelten hell wie polierte Dukaten. Da wusste das Mädchen, dass es die Könige waren, die da am Haupt der Tafel thronten; der Mann mit den wendigen Händchen und der mit dem steinernen Herzen und der mit der sauberen Weste, dazu noch der Fürst der Gerechtigkeit und der Gebieter des Tempels inmitten der Stadt. Sie hatten sich wohl hier versammelt, einander die goldenen Nasen zu zeigen, die sie im Lauf des vergangenen Jahres erworben hatten; und wahrlich, es waren sehr edle und stattliche Nasen.

Als aber das prasselnde Feuer die Festgesellschaft erreichte, da hub ein gewaltiges Heulen und Wehklagen an; die Könige und Generäle und Minister sprangen recht lustig im Kreis und zerrten an ihren Gewändern, schon schmorten und brutzelten sie in den tanzenden Flammen und strebten ganz stürmisch der rettenden Pforte entgegen. Doch weil es gar viele waren, fingen sie an, sich zu zanken; sie stießen und kratzten einander und stachen und säbelten mit ihren silbernen Gabeln und Messern. Das prächtigste Bild aber war, als die Könige sich vor den anderen der Menge entwanden; sie wackelten über den Boden mit Gabel und Messer im Rücken, ganz hin bis zu dem armen Mädchen, und ehe sie schwelend zu Boden sanken, glommen ein letztes Mal ihre Nasen auf, schmolzen dahin in der kochenden Glut.

In einem Häuserwinkel kauerte zu kalter Morgenstunde das Mädchen mit rosigen Wangen und lächelndem Munde – tot, erfroren in der ersten Nacht des neuen Jahres. Der Morgen graute über ihr, die dort mit ihren abgebrannten Schwefelhölzchen saß. »Sie hat sich wärmen wollen!«, sagte man. Doch niemand wusste, was sie in dieser Nacht Schönes gesehen, in welchem Glanz sie zur Neujahrsfreude eingegangen war. Denn der Hofmarschall hatte die Wahrheit gesprochen; sein Märchen war Wirklichkeit geworden: Die grauen Eminenzen hatten das Mädchen recht glücklich gemacht.

DAS GEFANGENE HERZ

Dabei hat alles mit einer lässlichen Sünde begonnen, mit dem harmlosen Streich zweier neugieriger Buben. Wären wir dabei ertappt worden, es hätte uns im schlimmsten Fall eine saftige Strafe eingebracht. Ach, hätte man uns nur erwischt! Jetzt ist es zu spät, um die Sache zu beichten: Kein Mensch würde mir glauben, was ich zu erzählen habe. Ich muss es wohl selbst in die Hand nehmen, ich muss noch einmal hinauf in diese Schreckenskammer, koste es, was es wolle …

Zugegeben, ich habe eine Höllenangst. Aber es geht nicht anders; es gilt, herauszubekommen, was geschehen ist. Ich muss wissen, wer da auf einmal neben mir in der Schulbank sitzt, im Schlafsaal liegt, wer dieser Fisch in Menschengestalt, diese Kreatur mit den kalten Augen ist, die bis vor wenigen Tagen mein bester Freund Julius war. Wenn sie das Licht löschen, werde ich aufbrechen. Ich kann nur hoffen, er merkt es nicht …

Aber der Reihe nach. Meine Eltern besitzen einen kleinen Bauernhof oben in den Bergen. Dort ging ich auch zur Volksschule, bis vor drei Jahren, als ich zehn wurde. Damals nahm mich mein Vater zur Seite. »Josef«, sagte er, »du bist ein gescheiter Bub. Dein Bruder wird später einmal den Hof übernehmen. Aber aus dir soll etwas Besseres werden. Wenn du ein ordentliches Internat besuchst, kannst du danach in der Stadt studieren. Das ist gerade das Richtige für dich.« Ich hatte wenig Lust auf diese Art Erziehung, aber der Vater schickte mich dennoch hierher, in die Villa Klammheim, das älteste und angesehenste Knabeninternat weit und breit. Schon bei der Ankunft wirkte das Gebäude gespenstisch und Ehrfurcht gebietend auf mich, glich es doch eher einer Geisterburg als einer Urlaubsvilla. Im hintersten Winkel des Rabenbachtals gelegen, stemmt sich das Bauwerk trotzig gegen die Steilwand, und die Gischt des nahen Wasserfalls hüllt seine efeuumwachsenen Erker und Giebel in dichte Nebelschleier. Nur der mächtige Nordturm ragt manchmal aus dem Dunst und wird von einem der Sonnenstrahlen gestreift, die sich – selten genug – in die Schlucht verirren. Ein Ort der Schwermut und der Düsternis: das war mein erster Eindruck von Klammheim. Ich muss gestehen, dass ich am liebsten auf dem Absatz kehrtgemacht und das Weite gesucht hätte. Aber das Schulgeld war bereits gezahlt, und entgegen meinen Befürchtungen schienen die Lehrer recht freundlich zu sein, also schwieg ich – und blieb. Außerdem war da Julius. Er kam am selben Tag wie ich nach Klammheim, und wir wurden rasch die besten Freunde. Julius ist groß, ein wenig ungelenk und schlaksig, er trägt dicke Brillen, hinter denen sich freche, neugierige Augen verbergen. Nein, verbargen …

Am Anfang wirkte Julius wie einer, der völlig arglos, ja beinahe einfältig durch die Welt geht. Sein unschuldiges Gehabe bewahrte ihn auch vor mancher Strafe, denn in Wahrheit hatte er es faustdick hinter den Ohren. Kaum eine Woche verging, in der ihm nicht ein neuer Streich, eine neue Eulenspiegelei in den Sinn kam. Die Sache mit den Kröten im Speisesaal? Julius. Die vereisten Lehrersessel? Julius. Die Schlammdusche in der Eingangshalle? Julius, wer sonst? Drei Jahre ging es so dahin, in denen mich die Possen meines Freundes für die Strenge des Internatslebens entschädigten. Aber dann, es ist noch keine Woche her, raunte mir Julius eines Morgens im Waschraum zu: »Hör zu, Joschi: Wir schauen uns im Nordturm um. Heute Abend. Ich erzähl dir dann, warum …«

Der geheimnisvolle Nordturm also. Der versperrte Trakt der Villa Klammheim. Es ist den

Schülern streng untersagt, den Nordturm zu betreten, das ist die erste und oberste Regel, an die sich jeder Neuankömmling zu halten hat. Dieser Teil des Gebäudes sei baufällig, heißt es, und so bestehe Gefahr, von herabfallenden Steinen und Balken getroffen zu werden. Wenn die jährlichen Herbstwinde durch das Rabenbachtal jagen, spielen sie auf dem Nordturm wie auf einer gewaltigen Flöte. Dann pfeift der Sturm durch die leeren Fensterhöhlen, dass es klingt wie ein Klagen und Seufzen aus dem Leib eines geschundenen Riesen. Nicht zuletzt deshalb ranken sich wilde Gerüchte um den Turm, Geschichten aus alten und dunklen Zeiten, Legenden von Drachen und Blut und von lebendig eingemauerten Kindern.

Nachdem das Licht ausgegangen war, krochen wir aus unseren Betten und schlichen aus dem Schlafsaal. Es war ungewöhnlich warm an diesem Abend, die Luft hing still und schwer in den Räumen, nur von Ferne war das stete Rauschen des Wasserfalls zu hören. Auf Zehenspitzen ging es die Treppe hinunter, quer durch die Eingangshalle und dann durch einen langen Flur an den Klassenräumen vorbei zum Turnsaal. Hier erst wagten wir es, die Taschenlampen einzuschalten, in deren Schein ich eine ungewöhnliche Anspannung auf dem Gesicht meines Freundes bemerkte. »Hör zu«, stieß er hervor, »ich habe gestern in der Bibliothek ein Buch entdeckt, einen Band über das Rabenbachtal und seine Geschichte. Und da stand etwas … Also vor hundert Jahren oder so, da gab es einen Lehrer, gegen den der alte Frankenstein ein Waisenknabe gewesen ist. Man hat ihn den Schlächter genannt … Er war Naturkundelehrer hier in Klammheim, und er hat – jetzt halt dich fest – ein richtiges kleines Museum eingerichtet, eine Sammlung von Schauobjekten für seinen Unterricht.«

»Ja und?«, fragte ich achselzuckend.

Julius wirkte auf einmal sehr ernst. »Körperteile«, raunte er beinahe tonlos. »Menschliche Körperteile in Spiritus. Lebern, Nieren, Lungen und – Gehirne. Und all diese Organe stammten von Kindern. Von welchen Kindern, fragst du? In den umliegenden Ortschaften verschwanden zu dieser Zeit über ein Dutzend kleine Mädchen und Burschen. Spurlos, verstehst du? Man hat ihn natürlich verdächtigt, aber nachweisen konnte man ihm nie etwas. Er behauptete, die Präparate einer Universität im Ausland abgekauft zu haben. Trotzdem haben sich eines Nachts ein paar Bauern aus der Umgebung zusammengetan, um ihn – vornehm ausgedrückt – zur Rechenschaft zu ziehen. Du kannst es auch

Lynchjustiz nennen, wenn du so willst. Der Rest der Geschichte wurde niemals aufgeklärt. Angeblich hat die Polizei ermittelt, aber sie ist nur auf eisiges Schweigen gestoßen. Heute weiß im Rabenbachtal keiner mehr, was in jener Nacht geschehen ist. So, und jetzt rat einmal, wo der Schlächter sein kleines Gruselkabinett eingerichtet hatte …«

Ich brauchte nicht lange nachzudenken. »Im Turm«, sagte ich.

Zwar gibt es eine Tür hinter den Umkleideräumen, die zum nördlichen Trakt der Villa Klammheim führt, doch die ist mit eisernen Riegeln und Schlössern fest versperrt. So versuchten wir erst gar nicht, sie zu öffnen. Julius hatte in den Tagen davor einen besseren Weg erkundet. Wir stiegen eine enge Treppe hinab und fanden uns in einem feuchtkalten Keller wieder. Durch ein Labyrinth verschlungener Gänge führte unser Weg, die bisweilen so niedrig waren, dass wir gebückt laufen mussten, mit einer Hand unsere Lampen umklammernd, während wir mit der anderen glitzernde Spinnweben beiseiteschoben, die allerorten von der Decke hingen. Ich weiß nicht, wie lange wir so unterwegs waren, nur, dass ich mehr als einmal den Wunsch nach Umkehr verspürte. Doch dann verbreiterte sich der Gang und wir stießen an eine morsche Holztür, die schief und halb offen in ihren Angeln hing. Julius schien seinen Humor wiedergefunden zu haben. Er beugte sich vor und zog langsam eine Schulter hoch, sodass es aussah, als hätte er einen Buckel.

»O Meister«, krächzte er mit unheilschwangerer Stimme, »mein Meister! Wir haben das Tor zur Hölle gefunden! Kommt und folgt eurem untertänigsten Diener … Heute freier Eintritt!«

Ach, hätte mein Freund doch nur seinen eigenen Worten Glauben geschenkt. Das Tor zur Hölle … Ja, das war es allerdings. Aber wir durchschritten es mutig und dumm, nur weil wir auf den Nervenkitzel nicht verzichten wollten.

Über uns spannte sich jetzt das Gerippe des Nordturms, ein kompliziertes Geflecht aus hölzernen Stegen und Treppen, das sich weit oben in der Dunkelheit verlor. Wir begannen mit dem Aufstieg. Meter um Meter tasteten wir uns voran, denn wir mussten erst jede Stufe auf ihre Festigkeit prüfen, bevor wir es wagen konnten, mit ganzem Gewicht darauf zu treten. Trotz aller Vorsicht aber zerbarst bald eines der modernden Bretter unter meinen Füßen und stürzte polternd in die Tiefe. Hätten meine Hände nicht noch raschen Halt gefunden, ich wäre mit in den Abgrund gerissen worden. So kletterten wir höher und höher, und endlich erspähten wir über unseren Köpfen eine Balkendecke, durch die eine schwarze Luke nach oben führte. Wir zwängten uns durch und sanken erschöpft zu Boden.

Ich weiß nicht, wie lange wir hier so lagen, um Atem zu schöpfen und unsere Nerven zur Ruhe kommen zu lassen. Ich weiß nur, dass sich Julius irgendwann erhob und begann, den Raum zu untersuchen. Wir befanden uns wohl in der Spitze des Turmes, denn durch den löchrigen Dachstuhl fiel ein schmaler, milchiger Mondstrahl, und ich konnte Teile des bestirnten Nachthimmels sehen. Trotzdem reichte der Schummer nicht aus, um sich im Inneren zurechtzufinden – bald schon streiften die Lichtkegel unserer Taschenlampen durch die Finsternis wie zwei verirrte Glühwürmchen.

Groß und rund war die Dachkammer, und wir erkannten, dass sie die ganze Breite des Nordturms einnahm. Ihre Außenwand, aus groben Steinblöcken gemauert, wies kein einziges Fenster auf. So suchten wir den Boden ab, in der Hoffnung, einen Hinweis auf frühere Zeiten zu entdecken, aber wir fanden nichts als fingerdicken Staub auf den geteerten Bohlen. Der Raum war vollkommen leer.

Enttäuscht und müde beschlossen wir, den Rückweg anzutreten. Diesmal ging ich voran. Ich war schon halb durch die Luke nach unten geklettert, da ließ Julius den Strahl seiner Lampe ein letztes Mal über die gewölbte Mauer wandern, und auf einmal bemerkten wir es. Ein kurzes Aufblitzen nur, ein Lichtreflex in der Dunkelheit. Rasch stand ich wieder neben meinem Freund, und gemeinsam eilten wir auf die andere Seite der Kammer, um dem plötzlichen Glitzern auf den Grund zu gehen.

Gegenüber der Falltür befand sich etwa in Brusthöhe eine handbreite Nische in der Wand, die uns vorher nicht aufgefallen war. Von hier musste das seltsame Funkeln gekommen sein. Ich hob meine Leuchte, um sie auf den Spalt zu richten. Und da, mit einem Mal sahen wir es: Ein Gefäß, eine gläserne Röhre stand in der Nische, mitten vor unseren Augen, vielleicht zwanzig Zentimeter hoch und randvoll gefüllt mit einer trüben, schlierigen Flüssigkeit. In dem Glas aber war etwas eingeschlossen, etwas faustgroßes, rötliches, stumm und bewegungslos schwebendes.

»Das ist doch …«, flüsterte ich.

»… ein Herz …«, ergänzte Julius.

»Ein Herz …« Ich spürte einen kalten Schauer über meinen Rücken jagen.

Julius streckte zögernd seine Rechte aus und griff in die Nische, um den Zylinder herauszuholen, doch es wollte ihm nicht gelingen. Seine Finger rutschten an der glatten Röhre ab, ohne dass sich diese auch nur eine Spur bewegt hätte.

»Sie ist festgemacht«, murmelte er. »Hallo, ist jemand zu Hause?« Er hob noch einmal die Hand und klopfte an das Glas.

Was dann geschah, werde ich mein Leben lang nie vergessen, selbst wenn mein Leben – aller Wahrscheinlichkeit zum Trotz – noch lange dauern mag. Es war ein Moment, in dem die Zeit ganz tief in deinem Inneren vollkommen stillzustehen scheint, während das Blut in deinen Adern gefriert, ein Albtraum, aus dem du dich mit einem Schrei befreien willst, aber es geht nicht, du bringst keinen Ton hervor – deine Kehle ist zugeschnürt, dein Körper wie gelähmt. Genauso standen wir da, mein Freund und ich, und starrten auf die Röhre, auf den runden, fleischigen Klumpen darin, und wir konnten nicht glauben, was wir sahen:

Es schlug. Das Herz schlug.

Langsam zog es sich zusammen, zuckte nach außen, als wollte es sein Gefängnis sprengen, kam dann kurz zur Ruhe und begann aufs Neue zu pulsieren. Krampfartig waren seine Schläge, unrhythmisch und mehrmals von längeren Pausen unterbrochen, sodass ich bei seinem Anblick sofort an ein ertrinkendes Tier denken musste, an ein kleines, hilfloses Wesen im Todeskampf. Nach einiger Zeit wurden die Schläge des Herzens schwächer, es erbebte noch ein-, zweimal und lag bald wieder still und reglos in seinem gläsernen Sarg.

Zugleich waren es unsere Taschenlampen, die ihren Geist aufgaben. Ein Glück nur, dass draußen der Morgen zu dämmern begann. Sein Zwielicht fiel durch die unteren Turmfenster und ermöglichte uns die sichere Heimkehr. Ich hätte auch sonst, selbst in völliger Finsternis, den Abstieg gewagt, denn dort oben in der grauenvollen Dachkammer konnte für mich kein Bleiben sein.

In den folgenden drei Tagen wechselten Julius und ich nur wenige Worte miteinander. Zu sehr saß uns der Schock noch in den Knochen, zu schwer lastete die Erinnerung an das nächtliche Erlebnis auf unseren Seelen. Aber vorgestern nahm mich mein Freund nach dem Essen zur Seite.

»Ich hab's«, sagte er mit ruhiger Stimme.

»Was hast du?«

»H-E-L-F-T-M-I-R«, buchstabierte Julius und sah mich erwartungsvoll an.

»Was soll das heißen?«

Julius hielt den Kopf ein wenig schief und schmunzelte. »Bip, Bip, Bip, Bip, Bip, Biiip, Bip, Bip«, meinte er geduldig. »Morsezeichen, ganz einfach: Vier mal kurz, einmal kurz, kurz, lang und zweimal kurz, zweimal kurz, lang, kurz, einmal lang, Pause, zweimal lang, zweimal kurz, kurz, lang, kurz: Helft mir!«

Ich brauchte ein wenig, aber dann wurde mir klar, worauf er hinaus wollte. »Unmöglich!«, stieß ich hervor, »unmöglich!«

»Doch möglich. Ich hab mir die Schläge gemerkt. Du weißt, ich habe ein Talent für so was. Es gibt keinen Zweifel, das Ding da oben … hat mit uns gesprochen …«

Eine Weile herrschte Schweigen zwischen uns. Aber dann hob ich den Blick und sah meinem Freund in die Augen, und spätestens da wurde mir bewusst, dass die Sache noch längst nicht ausgestanden war. Gewiss, ich hatte gehofft, der Mantel des Vergessens würde sich nach und nach auf das Erlebte legen, neue Streiche und Abenteuer würden uns in ihren Bann ziehen, und irgendwann würde die Erinnerung verblasst sein wie ein lange vergangener Traum. Doch dem war nicht so.

»Ich gehe wieder hinauf«, sagte Julius, »heute Nacht …«

»Und? Was denkst du zu finden? Willst du dich mit einem Einmachglas übers Wetter unterhalten? Das ist doch lächerlich!«

»Lächerlich? Ja? Hast du die ermordeten Kinder vergessen? Was, wenn es das Herz eines von ihnen ist, was, wenn da irgendwie seine Seele drinsteckt, seit hundert Jahren im Nordturm gefangen? Hast du daran schon gedacht? Ich gehe hinauf, mit dir oder ohne dich!«

»Blödsinn! Gefangene Seele in Spiritus! Du bist ja vollkommen wahnsinnig!«

Ich probierte, Julius umzustimmen, aber jeder noch so beherzte Versuch, ihn von seinem Vorhaben abzubringen, war zum Scheitern verurteilt. Ich selbst hatte zu große Angst vor einem weiteren Besuch im Turm, und ich ließ es lieber auf ein Zerwürfnis ankommen, als meine Furcht einzugestehen. Wir trennten uns im Streit, und er machte sich spätabends alleine auf den Weg.

Ich habe in dieser Nacht kein Auge zugetan. Voll der Sorge lag ich wach und erwartete die Rückkehr meines Freundes. Erst in der Morgendämmerung, als Julius durch die Tür schlüpfte und leise unter seine Decke kroch, sank auch ich erleichtert zurück und fiel in einen kurzen, traumlosen Schlaf. Ich konnte ja nicht ahnen … Nur wenige Stunden später fühlte ich zum ersten Mal, dass sich etwas verändert hatte. Ich trat noch vor dem Unterrichtsbeginn auf Julius zu, um mir von seinem Ausflug berichten zu lassen.

»Hör mal, es tut mir leid wegen gestern. Ich hatte einfach die Hosen voll, verstehst du? Aber so ist es fast noch schlimmer gewesen; ich bin beinahe durchgedreht vor Angst um dich. Jetzt sag schon! Was war da oben?«

Julius wirkte schlaff und blass, wie er so vor mir stand, und ich führte das zunächst auf seinen Mangel an Schlaf zurück. Aber dann hob er den Kopf und sah mich an, und sein Blick durchfuhr mich wie ein eisiger Windstoß. Die Kälte, die in seinen Augen lag, ist mit Worten kaum zu beschreiben, nicht mit Hass noch mit Zorn, weder mit Gleichgültigkeit noch mit Geringschätzung. Es war einfach nur Kälte, die vollkommene Abwesenheit jeder menschlichen Gefühlsregung. Er sah mich schweigend durch seine Brillengläser an, und ich wandte mich ab, weil ich diesen Blick nicht ertragen konnte.

Ich versuchte mir einzureden, dass das abweisende Verhalten meines Freundes in unserem Streit vom Vortag wurzelte. Aber das war bloßer Selbstbetrug, ein unbeholfener Versuch, mich zu beruhigen: Julius war nie nachtragend gewesen. Dazu kam, dass mir bald weitere Veränderungen an ihm auffielen. Später am Vormittag zum Beispiel nahm er gedankenverloren die Brille ab und beugte sich vor, um eine an die Tafel geschriebene Formel zu lesen. Julius aber ist seit jeher kurzsichtig, er kann ohne Augengläser auf drei Meter Entfernung nichts erkennen. Abgesehen davon, dass sich sein Interesse an Mathematik darauf beschränkt, die Tage bis zu den Ferien zu zählen …

Und dann seine Handschrift: Sie ist immer kindlich und ungelenk gewesen, und jetzt? Er sitzt neben mir in der Schulbank und hantiert mit der Feder, als hätte er sein Leben lang nichts anderes getan. Aufrecht und gleichförmig fließen die Buchstaben aufs Papier, gestochen, klar, fast wie gedruckt. Ich habe ihn heute verstohlen beobachtet, und ich war so verblüfft, ihn mit der Hand eines Erwachsenen schreiben zu sehen, dass mir erst nach geraumer Zeit auffiel, mit welcher seiner Hände er schrieb. Es war die linke statt der gewohnten rechten. Julius ist über Nacht zum Linkshänder mutiert.

Die Zeichen mehren sich also. Aber die Zeichen wofür? Was kann im Turm geschehen sein, das Julius so sehr verwandelt hat? Ich weiß es nicht. Ich weiß nur, dass etwas geschehen ist, dass ich das Rätsel lösen muss. Die Taschenlampe liegt bereit. Ich warte unter der Decke und sehe zum Bett eines Freundes hinüber, der auf einmal kein Freund mehr ist. Er scheint bereits zu schlafen. Gott gebe, dass er es wirklich tut, und dass er es vor allem tief tut.

Da – gerade erlischt das Saallicht. Ein paar Minuten noch, dann schleiche ich los …

Es mag erst knapp zwei Stunden her sein, dass ich aufgebrochen bin. Doch was mir seither an Grauen widerfahren ist, langt für ein ganzes Leben. Meine schlimmsten Befürchtungen reichen nicht an jene entsetzliche Gewissheit heran, die sich mir hier oben im Nordturm offenbart hat. Ich sitze auf dem Boden und notiere den Hergang der Ereignisse, und ich fühle mich einsam, wenn auch nicht alleine, denn mir gegenüber steht schweigend – Julius.

Als ich heraufkam, fand ich die Dachkammer dunkel, leer und scheinbar unberührt. Ich durchquerte den Raum und trat an die Mauernische. Die Röhre mit dem Herzen stand noch da – nichts schien sich verändert zu haben. Ich hob die Hand und klopfte an das Gefäß, während mein eigener Puls mir fast die Brust zerriss. Was ich mit Schrecken erwartet hatte, trat ein: Das Herz begann zu pochen. Wild und hektisch hämmerte es in seinem gläsernen Kerker, sodass ich anfangs Mühe hatte, eine Botschaft hinter den wütenden Schlägen zu erkennen. Doch ich beherrsche die Morsezeichen recht gut; so war es mir trotzdem möglich, die Nachricht zu entschlüsseln.

Hilf mir … Joschi … Ich bin … Julius …

Ich vermag nicht zu beschreiben, was in diesem Moment in mir vorging. Ich taumelte zurück, tief schockiert und schwer erschüttert. Gleich darauf erfasste mich eine Welle unendlichen Mitleids, zugleich aber auch eine seltsame Erleichterung: Es gab ihn also noch, meinen Freund, und ich hatte Kontakt zu ihm. Zuletzt aber blieben mir nur noch nackte Angst und lähmende Hoffnungslosigkeit; zu etwas anderem hätte der nun folgende Bericht meines Gefährten schwerlich Anlass gegeben.

Julius hatte in der Nacht nach unserem Streit den Turm erklommen, und wieder hatte das gefangene Herz um Hilfe gefleht. Nichts als einen Handgriff hatte es erbeten, nur den Griff in die gläserne Röhre, um es aus seiner Gefangenschaft zu befreien. Da war Julius von einem plötzlichen Schwindel befallen worden, und wie von selbst war seine Hand in die trübe Flüssigkeit getaucht, um den rötlichen Klumpen herauszuholen. Was dann geschehen war, entzieht sich seiner Erinnerung. Er weiß nur noch, dass er sich selbst in diesem verfluchten Behältnis wieder fand, sprach- und körperlos – beinahe körperlos … Und dass er auf einmal verstand: Das Herz im Turm war das Herz des sagenumwobenen Schlächters gewesen. Die rasenden Bauern vom Rabenbachtal hatten dem Kindermörder das Schicksal seiner eigenen Opfer angedeihen lassen, sie hatten ihm in jener Nacht vor hundert Jahren – wohl bei lebendigem Leib – das Herz herausgerissen und als Zeichen der Mahnung und Rache in der Dachkammer aufgestellt. Aber seine kranke Seele hatte hier ausgeharrt und auf ihre Chance gelauert, um sie nach so langer Zeit durch meinen ahnungslosen Freund geboten zu bekommen …

Dies ist die Geschichte, die mir der arme Julius erzählt hat und die ich nun, im verlöschenden Schein meiner Lampe, zu Papier bringe. Aber da – das Herz – es will mir noch etwas sagen …

L-A-U-F-R-A-S-C-H-E-R-K-O-M-M-T

Lauf rasch, er kommt!

Nun höre ich es auch – ein Treppenknarren – langsame Schritte – ich sehe durch die Luke – ein Lichtstrahl unter mir – er steigt den Turm herauf – es ist – Julius – nein – sein Körper! Was tun? Was nur tun! Kein Ausweg! Wenigstens diese Zeilen, dieser Bericht – er darf ihn nicht finden – aber wohin damit? Die Löcher im Dach! Ein Papierflieger! Ich beginne zu falten …

Ein lauer Frühlingswind strich durch das Rabenbachtal und zerriss die feuchten Nebelschleier. Unten im Schulhof hüpfte ein kleiner Junge auf und ab. Er war so sehr in sein Spiel vertieft, dass er den anderen, älteren erst bemerkte, als dieser schon neben ihm stand.

»Was hast du da?«

»Flugzeug. Hab ich gefunden …«

»Es ist meines«, sagte der Schlaksige und starrte durch seine Brillengläser.

»Kannst du das beweisen?«

»Klar. Sieh doch, ich habe den Bogen aus meinem Deutschheft gerissen, er ist ganz vollgeschrieben. Ich brauche den Aufsatz im Unterricht, sonst kriege ich Schwierigkeiten.«

»Wenn du meinst …« Der Kleine biss enttäuscht auf seine Unterlippe und streckte dem anderen den Papierflieger entgegen.

»Danke. Dafür zeige ich dir auch etwas, ja?«

»Was denn?«

»Du darfst es aber niemandem erzählen …«

»Was ist es denn?«

»Ein gruseliges Geheimnis. Hast du Angst?«

»Nein«, sagte der Kleine wenig überzeugt.

»Hast du schon einmal sprechende Herzen gesehen? Ich weiß, wo es zwei davon gibt …«

»Ehrlich? Wo denn?«

»Das darf ich nicht verraten. Aber ich zeig sie

dir, heute Nacht. Das wirst du dein Leben lang nicht vergessen …«

BOM

Karl-Uwe pflegte keinen Zweifel an der Tatsache zu lassen, dass er einem alten und betuchten Stall entstammte. Ein seidiger Glanz umgab seinen schmächtigen Körper, eine – freilich dezente – Aura des Edlen. Sein Haar, von kundiger Hand modelliert, wogte schimmernd auf seinem Schädel, um über der zart gepuderten Stirn zu einem gewaltigen, wippenden Schopf anzuwachsen. Sein nachtblauer Anzug war aus bestem irischem Mohair geschneidert, seine Schuhe ein ebenholzschwarzes Gedicht aus feinstem kanadischem Cordovan. Alles in allem ergab sich hier eine erstaunliche Ähnlichkeit mit dem aufgeblasenen Spross einer namhaften Wiener Kaffeedynastie, und sah man Karl-Uwe im vornehmen Krefelder Bismarckviertel seinem blank polierten Audi entsteigen, dann konnte man wirklich kurz denken, er sei nicht er selbst, sondern jener – bis einem einfiel, dass sich die Technik gekonnter Kaffeezubereitung noch nicht bis zum Niederrhein herumgesprochen hatte.

Aber erben kann man ja auch andere Traditionsbetriebe, etwa eine Seidenweberei mit angeschlossener Krawattenproduktion. Und eine solche würde Karl-Uwe in den Schoß fallen, sobald sich sein Vater, der unangefochtene Herrscher von Knöllke und Knöllke, endlich in den Ruhestand begeben würde. Endlich – das war das beherrschende Wort in Karl-Uwes lüsternen Visionen, in seinen feuchten Träumen vom Tag seiner Firmen- und Machtübernahme. Genügte das mickrige Taschengeld, das ihm sein Vater allmonatlich zahlte (und das sich am mittleren Jahresgehalt einer Weberin maß), doch bei Weitem nicht für einen standesgemäßen, sprich: menschenwürdigen Lebensstil. Abgesehen davon, dass ein solcher im biederen Krefeld ohnehin nicht zu pflegen war: Haubenlokale, Zigarrenklubs und Edelbordelle gab es hier nicht; um einen leidlich konvenablen Abend zu verbringen, musste sich Karl-Uwe also wenigstens nach Düsseldorf begeben – eine Reise, die er aber wegen seiner Mittellosigkeit nicht öfter als dreimal pro Woche unternehmen konnte.

Was seine übrigen Tage betraf, so dümpelte Karl-Uwe im Sumpf seiner quälenden Langeweile dahin. Nur einmal hatte er versucht, sein bislang unbeachtetes Talent in die Familienfirma einzubringen. Eine neue, vielversprechende Geschäftsidee war es gewesen, die er seinem Vater damals unterbreitet hatte: die flotte, hygienische Einwegkrawatte! Aus hauchdünnem Zellstoff gefertigt, ließen sich gleich mehrere Lagen dieser Schlipse an den Kunststoffknoten heften, der am Kragen des Besitzers einzuhaken war. So konnte man im Lauf des Tages – je nach Laune, Anlass und allfälliger Verschmutzung – Schicht um Schicht des perforierten Buntpapiers entfernen, sprich: problemlos die Krawatte wechseln. Ein Produkt, das einfach zu bedienen, kleidsam und vor allem kostengünstig herzustellen war – ein Kassenschlager! Doch der alte Knöllke hatte die Idee mit unverhohlener Geringschätzung quittiert. »Wie praktisch!«, hatte er gerufen. »Besonders, wenn einem mal auf dem Scheißhaus das Papier ausgeht! Mein Sohn ist ein Genie: Er revolutioniert mit einem Streich fünftausend Jahre Seidenproduktion!« Dann hatte sich der Alte umgedreht und war zu seinen Webstühlen zurückgegangen.

Also blieb Karl-Uwe nichts als Düsseldorf: ein blasses Surrogat für seinen Traum vom Glück – und doch der Boden, der den Keim des Paradieses in sich trug. Denn just im Herzen Düsseldorfs begegnete er eines Nachts (nach einem Tête-à-Tête mit einer Dame namens Désirée und einer Flasche namens Taittinger) dem Engel, der ihm den Olymp eröffnen sollte. An der Bar des Etablissements *Aux Anges* genehmigte er sich noch ein Gläschen Courvoisier, als sich der rundliche und leicht beschwipste Fremde an den Tresen setzte und einen doppelten Wodka Martini bestellte. Trotz der Schwermut, die Karl-Uwe zwischen Taittinger und Krefeld zu befallen pflegte, war er hellhörig genug, um einen englischen Akzent zu registrieren, und hätte ihn nicht schon alleine dieser Klang (die Melodie der großen, weiten Welt!) die Ohren spitzen lassen, hätten ihn doch jedenfalls die manikürten Hände und die exquisite Armbanduhr des Mannes dazu angeregt, Kontakt mit ihm zu suchen: Dieser Brite hatte offenbar Format; obzwar er kein Knöllke war, schien er Karl-Uwe ein Bruder im Geiste zu sein.

So kam es, dass er Mister Wilson (denn so hieß der Fremde) einen weiteren Drink spendierte, und es dauerte nicht lange, bis die beiden wie die besten Freunde miteinander schwatzten.

Mister Wilson war, wie er verriet, beruflich in der Gegend; er besaß ein kleines Unternehmen, dessen Aufgabenbereich sich Karl-Uwe nicht sofort erschloss. Auch die Visitenkarte, die ihm Wilson überreichte, lichtete das Dunkel nicht. Das Kärtchen war von strahlendem Azurblau, die graziöse Schrift von einer Gloriole gelber Sterne eingerahmt. *Make Way!*, stand da zu lesen, und darunter: *Clever Policy Solutions – CPS.* Karl-Uwe sah den Briten ratlos an – ein Blick, den dieser offenbar gewohnt war, holte er doch gleich zu einer wortreichen Erklärung aus.

»Zu sein erfolgreich«, sagte Mister Wilson mit verschwörerischer Miene, »einer muss verstehen das Mechanismus von ein sehr komplexes Welt. Sobald als du verstehst, die Dinge werden leicht zu handeln. Haben wir nicht alle zu verdienen unsere Leben?«

Karl-Uwe nickte grimmig.

»Also, was ich tue, ist zu werken mit verschiedene Kompanien. Ich zeige ihnen wie zu spielen das Match, wie zu gewinnen das Turnier in unser europäisches Arena.«

»Und wie soll das funktionieren?«, unterbrach Karl-Uwe, doch der Brite hob sogleich gebieterisch die Hand: Er war noch bei der Einleitung und daher nicht bereit, schon jetzt auf detaillierte Fragen einzugehen.

»Es ist ein großes, buntes Markt Europa«, fuhr er fort. »Ein absolut chaotisches Mixtur, ein faltiges, zerlumptes Patchwork, zusammengenäht von ein riesiges Haufen von blinde, betrunkene Schneider. Natürlich ein schwieriges Markt, denn was die Leute wollen hier, sie wollen nicht woanders; wenn du bietest Regenschirme in Great Britain, du wirst kommen zu ein andere Umsatz als in Portugal, mit Snowboards du wirst untergehen in Zypern und mit Inlineskates in Venedig. Aber mittlerweile das Zentralregierung endlich hat die Macht zu führen Europa in ein neues, ordentliches Zukunft. Warum soll man leben anders in Palermo als in Stockholm? Warum soll verboten sein in Budapest, was darf man in Madrid? So, das Geheimnis von mein Firma ist zu nutzen diese Macht. Wir machen Werbung, Product-Placement – aber nicht bei fünfhundert Millionen Konsumenten, sondern direkt da, wo unser neues europäisches Gerechtigkeit entsteht. In unser schönes Hauptstadt Brüssel.«

»Also sind Sie sozusagen Lobbyist?«, getraute sich Karl-Uwe einzuwerfen.

Mister Wilson lehnte sich zurück. Er schmunzelte. »Zu reden mit den Politicians ist ein Teil von unsere Arbeit, richtig. Aber warum sollte ich dann sein in Düsseldorf? Für ein erfolgreiches Campaign man braucht nicht nur ein Golfset und ein Tisch in die beste Restaurant in Brüssel. Worte sind nicht alles, ist es nicht? Man braucht auch, was wir nennen Taten.«

Angeheizt vom nächsten Drink begann der Brite Karl-Uwe in die Arbeitsfelder seines Business einzuweihen: »Reden ist okay, nur das kommt ganz am Ende. Vor ein gutes Lobbying wir müssen machen Pressure auf die Presse, sodass Television und das Zeitung pflanzt ein opportunes Meinung in die Köpfen von Politikern und Konsumenten. Aber dafür wir benötigen ein Instrument zu dirigieren die Journalisten. Leider nicht alle Reporter sind käuflich, abgesehen von dass es wäre viel zu teuer. Also brauchen wir das Wissenschaft, das sogenannte Wissenschaft. Weil heute keiner kontrolliert mehr, ob ein sogenanntes Fachmann, eine Expert, sagt das Wahrheit. Diese Experts können publizieren Tausende von sogenannte Studien zu beweisen dies und das. Sie tun auch, und sie tun für gutes Geld. Wenn du zum Beispiel hast ein Weinhof, du kannst kaufen so ein Studie zu beweisen wie schädlich ist Wasser: Voll mit Keime und Hormone, mit Bazillen und Schwermetall, so es ist pures Gift. In dieses Studie du würdest finden dem statistischen Berechnung, wie viele Millionen Menschen sterben jedes Jahr von Wasser. So das Resultat muss heißen: Wenn ihr wollt ein langes und gesundes Leben, lasst das Wasser, wo es hingehört – in eure Toiletten – und trinkt lieber Wein. Ein bisschen Arbeit mit die

Presse, ein paar Plauderstündchen mit die Abgeordnete in Brüssel – Bingo. Schon sie machen ein Gesetz zu untersagen das Konsum von Wasser. Erst in Ämter, Busse, Bahnen, dann in alle öffentliche Plätze, dann in Pubs und Restaurants, am Ende in das ganze Europäische Union.«

»Und warum ist das Wassertrinken nicht schon längst verboten?«, fragte Karl-Uwe, dem nicht nur vom Courvoisier der Schädel brummte.

»Weil sie haben nicht gezahlt, die Weinhofbauern«, meinte Mister Wilson mit dem Ausdruck des Bedauerns. »Weil sie haben was man nennt ein dickes Schädel. Weil sie setzen auf den falschen Pferd, das heißt Genuss. Es interessiert kein Mensch Genuss in dieses Zeit; die golden Kälber heißen Sicherheit, Gesundheit und Kontrolle. So die Weinhofbauern müssen besser sehen, dass man ihre Wein nicht bald verbietet. Wie auch immer: Experts, Journalists and Politicians sind die Fundamente von mein Business, die vier große Eckpfeiler, auf die ich baue alles auf.«

»Verzeihen Sie, aber … Wenn ich mich nicht irre, waren das nur drei.«

Der Brite grinste breit. »Okay, okay. Ich gebe zu, da ist noch ein Spezialabteilung, ein Geheimsektion für komplizierte Jobs. Mein absolutes Favorit, weil es verspricht ein wenig Action. Dieses Squad wir nennen BOM, Bureau of Motivation. Manchmal wir brauchen sogenannte Anlassfälle, wenn wir wollen füttern Presse und Statistik mit die zweckgemäße Argumente. So wir helfen nach ein bisschen zu kreieren ein neues europäisches Reality. Das eine oder andere Zusammenstoß von Wintersportler in ein kurzes Zeit, und schon man ruft nach ein Gesetz für Skifahrer zu tragen Helme. Und wer gibt uns so ein Auftrag? Richtig, das Fabrik, das produziert den Helmen. Oder nimm ein neues Krankheit zu verkaufen Medizin: ein stinknormales Grippewelle, ein paar inszenierte Todesfälle hier und da – sofort man schreit hysterisch auf in Brüssel: Pandemie! Und unser Pharmaindustry schreibt Zahlen so schwarz wie in mein Arsch bei Mitternacht. Ein geisteskrankes Afrikaner macht Krawall in die Toilette von ein Transatlantikflug? Es dauert nicht ein Woche, bis das European Parliament verlangt den Einrichtung von nackte Scanner auf die European Airports – siebzigtausend Euro für ein Apparat, so man kann vorstellen, wie viel macht das in der Summe. Ein Betrag, man kann nur träumen zu besitzen, und es wird gezahlt von alle Bürger, so die einzel Leute merken gar nicht, was und wem sie geben. Ja, es ist ein großes, buntes Markt, ein wunderbares Markt Europa.«

Mister Wilson lehnte sich zurück und zwinkerte Karl-Uwe zu, indes der Angezwinkerte nicht in der Lage war, die Geste zu erwidern. Wie erstarrt saß er auf seinem Hocker, ließ den Unterkiefer hängen, glotzte blöde vor sich hin. So sah es eben aus, wenn Karl-Uwe den Verstand bemühte: seltene Momente konzentrierter Geisteskraft, zu konzentriert, um auch noch seine Physiognomie im Zaum zu halten. Erst nach einer Weile löste er sich aus der Starre, blickte Mister Wilson an und meinte heiser: »Wie viel nehmen Sie?«

»Wofür?«, gab sich der Brite ahnungslos.

»Na, für ein … Coaching. Für ein Spiel in unserer europäischen Arena.«

»Welches Disziplin?«

Karl-Uwe zögerte. »Krawatten«, meinte er dann kleinlaut.

»Ties? You mean …?« Der Brite hob die Hand zum Hals und deutete auf seinen seidig schimmernden burgunderroten Binder. »Krawatten like … Neckties?« Wilson lachte auf. »Okay … Okay, das lässt sich machen. Zehn Prozent von das Gewinn und noch ein Drink, dann wir sind im Geschäft.« Mit diesen Worten streckte er Karl-Uwe seine Hand entgegen.

Im Laufe der folgenden Monate sah sich Europa von einer gespenstischen Welle an Unfällen und Morden überrollt, in deren Verlauf eine stattliche Anzahl von Bürgern mithilfe von Schlipsen erdrosselt wurde. So blieb beispielsweise ein dänischer Steuerbeamter mit seiner Krawatte im Fenster des Taxis hängen, dem er gerade entstiegen war. Ein portugiesischer Arzt wiederholte die Übung des Dänen, indem sich sein Binder am Türgriff des Busses verhakte. In Tschechien wieder strangulierte sich ein Druckereibesitzer, weil seine Krawatte in die rotierenden Walzen der Druckmaschine geriet. Eine lettische Bäckerin wurde des Abends auf offener Straße erdrosselt; das Tatwerkzeug – eine Krawatte – fand sich mit sauber gebundenem doppeltem Windsorknoten um den Hals der armen Frau drapiert.

So zufällig diese Verkettung letaler Ereignisse, diese makabre Serie von schlipsbedingten Todesfällen auch wirkte: Sie fand schon nach wenigen Wochen den Weg in die Schlagzeilen, wenn auch zunächst nur in die der Journaille. *Der Krawattentod hat uns im Griff,* so hieß es da, oder: *Der Schlips schnürt Europa die Luft ab.* In den Redaktionsstuben des Boulevards kam auch die völlig unkorrekte, aber blumige Bezeichnung Vatermörder für die Stoffkrawatte wieder auf. Der Vatermörder bringt uns alle um, so lautete der Tenor der Berichterstattung. An den Stammtischen hatte das Thema mit einem Mal Hochkonjunktur, und als eine polnische Nonne ihr Leben an einen olivgrünen Binder verlor, da sprang auch das Fernsehen an: In Talkshows und Nachrichtensendungen kamen die ersten Experten zu Wort, von Kriminologen und Ärzten bis hin zu Textilingenieuren und Modedesignern. Schlussendlich begann es nun auch ganz gehörig im Blätterwald der sogenannten Qualitätspresse zu rascheln. Hier beschaffte man Statistiken, die das letale Potenzial des Binders mit erschreckend klaren Zahlen belegten. Und so kam der Tag, an dem das renommierteste der deutschen Wochenmagazine titelte: *Europa scheint reif für ein striktes Krawattenverbot.*

Vor Jahresende noch rang sich die Kommission in Brüssel zu einem entsprechenden Gesetzesvorschlag durch. Natürlich war dem problematischen Entwurf ein langer, intensiver Diskussionsprozess vorausgegangen, doch eine Vielzahl an wissenschaftlichen Studien, die keinen Zweifel an den tödlichen Gefahren der Krawatte ließen, sollte am Ende den Ausschlag geben. Das Europäische Parlament beschloss, das Tragen von textilem Halsschmuck zu verbieten – anfangs nur an öffentlichen Orten wie in Bussen und in Bahnen, Ämtern, Schulen und Spitälern, dann in Bars und Restaurants (an deren Türen offizielle Hinweisschilder mit dem Aufdruck *Schlipsfreies Lokal* zu applizieren waren), schließlich auch an allen sprichwörtlichen Knotenpunkten der Krawattenmode: in Versicherungsbüros, Anwaltskanzleien und Banken, die inzwischen (wenn auch nur in dieser Hinsicht) die neueste Spielart der Achse des Bösen verkörperten.

In der alten Samt- und Seidenstadt, in Krefeld, liefen die Maschinen heiß. Karl-Uwes Mitarbeiter kamen mit dem Stanzen, Perforieren und Verpacken kaum noch nach. Bis Limassol und Rovaniemi, Málaga und Letterkenny wurden Tonnen des hygienischen, gefahrlosen (und mittlerweile weltweit patentierten) Einwegschlipses exportiert. Ganze Berge chinesischen Zellstoffs, kostenschonend an den Ufern des Jangtsekiang gebleicht, warteten in provisorischen Lagern auf ihre Verarbeitung: Glücklicherweise hatte Karl-Uwe eine Reihe von Gebäuden kaufen können, deren Vorbesitzer – meist Krawattenfabrikanten – in Konkurs gegangen waren.

Er selbst residierte in Düsseldorf, wo er ein klimatisiertes Büro und ein prächtig gelegenes Penthouse besaß. Hier zog er die Fäden, an denen das

Schicksal der Herrenmode Europas hing – Fäden, die aus bunt bedrucktem Klopapier gesponnen waren.

Während er mit befriedigtem Nicken die Aktienkurse von Knöllke und Knöllke studierte, wurde lautlos die gepolsterte Bürotür aufgedrückt. Karl-Uwe, tief in die Börsentabellen versunken, wurde seines Gastes erst gewahr, als dieser sich dem imposanten Stahlrohr-Palisandertisch genähert und in einem der aus ostindischem Saffian gefertigten Besuchersessel Platz genommen hatte.

»Meine Güte … Mister Wilson! Hat Sie meine Sekretärin einfach so hereingelassen?«

»Keine Angst, das Girl hat nicht einmal mich bemerkt. Man manchmal muss gehen auf leise Sohlen, muss man nicht?«

»Das stimmt.« Karl-Uwe bedachte den Briten mit seinem charmantesten Lächeln. »Ihre Aktien haben Sie erhalten?«

»Exakt zehn Prozent, viele Dank, Mister Knöllke. Ich hoffe, Sie waren zufrieden mit unsere Job. Wir von BOM hatten viel Spaß jedenfalls.« Mister Wilson verstummte; er senkte den Kopf und beäugte verzagt den Zelluloseschlips vor seiner Brust. »Und trotzdem«, fügte er leise hinzu, »ich vermisse die Dinger – das Knistern, das Schimmer … Aber bitte, einer kann nicht haben alles. Übrigens: Wie geht es Ihrem Daddy?«

Nun war es an Karl-Uwe, sich der Wehmut hinzugeben. Gramgebeugt zog er die Schreibtischlade auf, um ihr ein seidig schimmerndes burgunderrotes Stoffband zu entnehmen. »Unglücklicherweise«, murmelte er, regelrecht geknickt vor Trauer, »hat auch mein geliebter Vater unsere europäische Krawattenpandemie nicht überlebt. An dieser hier«, Karl-Uwe zeigte auf den Schlips, »hat er sein Leben ausgehaucht; man fand sie neben seinem Leichnam. Dabei stammt die nicht einmal aus seiner Weberei.«

Als Karl-Uwe sich erhob und Mister Wilson die Krawatte wiedergab, da griff eine festliche, beinahe heilige Stille um sich. Es lag wohl an der Größe dieses Augenblicks, der weitaus mehr bedeutete als eine schlichte Geste des Vertrauens zwischen zwei gerührten Männern. Nein, dieser Moment stand vor allem für das Wohlergehen eines ganzen Kontinents, für ökonomischen Zusammenhalt und wirtschaftliches Wachstum, kurz gesagt: für europäisches Zusammenwachstum.

BUMMABUNGA

Pepper hatte vierzehn Jahre lang gebraucht, um die Romanze seines Lebens zu beenden, eine Liebe, die trotz ihrer anfänglichen Zartheit und wachsenden Inbrunst mehr als einseitig gewesen war, wie er im Laufe ungezählter Therapiestunden erkannt hatte. Oder war es sein Therapeut gewesen, der es erkannt hatte? Egal, sinnierte Pepper. Scheißegal. Eine emotionelle Ausgewogenheit zwischen zwei Liebenden, wie sie Romanautoren und Therapeuten vorzuschweben schien, hatte sich zwischen ihm und seiner Favoritin ohnehin nie eingestellt. In dieser Hinsicht hatte sich die Partnerschaft zwar kaum von den Beziehungen seiner Kollegen unterschieden, aber Pepper war – unter der Anleitung des Therapeuten – zu dem Schluss gekommen, dass er mehr von seinem Leben wollte als die dauerhafte Bindung an ein wenn auch stets verfügbares, so doch stets unterkühltes Gegenüber. Konnte die Natur tatsächlich vorgesehen haben, dass immer einer liebte und der andere sich lieben ließ? Dass sich der Liebende schon glücklich schätzen durfte, wenn ihn das Objekt seiner Begierde nicht zurückwies, sondern ihm seine Passion, sein schwärmerisches Engagement huldvoll gestattete?

Die vierzehn Jahre hatten Pepper zugesetzt. Er hatte seinen Job als Virologe an der Uni-Klinik ebenso verloren wie seine beiden Kinder (Paul und Anna), seine Wohnung (Penthouse), seinen Wagen (Chevrolet) und seine Frau (Babette). Es war Babette nicht zu verdenken, dass sie ihre Konkurrentin hasste. Dabei war sie eigentlich kein eifersüchtiger Charakter, und wer weiß, vielleicht hätte sie sich sogar zu einem Kompromiss bereit gezeigt, wenn ihre Nebenbuhlerin den ursprünglichen Pepper nicht so grundlegend verändert hätte. Wenn auch nur ein ferner Abglanz jenes früheren Pepper, jenes respektablen und gepflegten Ehemanns und treusorgenden Vaters, die Affäre überdauert hätte. Möglich, dass ihm dann die drittklassige Bleibe, die er jetzt bewohnte, und der Therapeut erspart geblieben wären.

Egal, es war zu spät. Obwohl er seiner großen Liebe vor zwei Wochen abgeschworen hatte, wollte ihn Babette nicht wiederhaben.

Pepper starrte auf den Dampf der Tasse Kräutertee, die ihm die Kellnerin des *Café Schikkermandl* wie an jedem Abend vorgesetzt hatte. Die Schwaden stiegen in die Höhe, diffundierten in der Luft und gaben nach und nach den Blick auf das Lokal frei, auf die anderen Tische und die dunkelrote Bar. Hinter der Bar stand, glitzernd und verführerisch vom warmen Licht der Messinglampen angestrahlt, seine Geliebte.

Sie hieß Wodka. Manchmal nannte sie sich auch Tequila oder Grappa, seltener Cachaça. Pepper hatte sich schon immer darüber gewundert, dass Spirituosen männliche Artikel hatten, denn er selbst hielt Schnäpse grundsätzlich für feminin. Ihr Aussehen war so leicht und klar, begehrenswert und elegant, sie wärmten, rochen gut und ließen einen alle Ängste, Sorgen und Querelen vergessen, die das Leben für den Nüchternen bereithielt. Sie waren ein Quell des Glücks, ein Quell der Euphorie. Am Ende aber wurden sie zu einem Quell von neuen, noch viel größeren Ängsten, Sorgen und Querelen. Wahrscheinlich, dachte Pepper grimmig, strafte einen die Natur für alles. Für alles außer Kräutertee.

Den Chevrolet, das Penthouse, seine Kinder und Babette würde er wohl nicht so bald zurückbekommen. Aber wie hatte sein Therapeut gesagt? »Wer lang nicht auf den Beinen war, wird nicht mit einem Fingerschnippen tanzen können. Er muss langsam aufstehen, seine Knochen ordnen und mit kleinen Schritten wieder gehen lernen. Erster Schritt, Herr Pepper: Schluss mit Wodka. Dann der zweite: Suchen Sie sich eine Arbeit. Einen Job, der Sie erfüllt und stolz macht. Aber einen, den Sie auch bewältigen. Und der dritte … Ach, ich sehe, unsere Zeit ist um.«

Man müsste wieder mit seinen Phiolen und Eprouvetten spielen dürfen, dachte Pepper. Gerade jetzt, wo in den Medien von dieser neuen Pandemie die Rede war, von dieser Tollwut, die in Windeseile über alle Kontinente fegte: In Australien hatten die ersten Angriffe von Infizierten auf Gesunde stattgefunden, und aufgrund der kurz bemessenen Inkubationszeit (zwischen Ansteckung und Krankheitsausbruch lagen meistens nur ein paar Minuten) hatte sich die Seuche wie ein Lauffeuer nach Asien und Afrika, in Teile Amerikas und nach Osteuropa ausgebreitet. Wobei das Wort ausgebreitet angesichts der Amateurfilme und -bilder, die im Internet kursierten, mehr als euphemistisch war. Die Krankheit hatte sich im wahrsten Sinn des Wortes durchgefressen: Auf den meist unscharfen, durchwegs verwackelten Videos konnte man Szenen verfolgen, wie man sie sonst nur im Nachmittagsfernsehen geboten bekam, wenn Naturfilme auf dem

Programm standen. Hier die arglosen Gazellen, die sanftmütig in der Savanne grasten, dort die blutgierigen Löwen, die im Schutz des kargen Schattens lauerten, dann plötzlich hochschnellten und sich auf ihre Beute stürzten. Gnadenlos verbissen sie sich in den schlanken Flanken, in den eleganten Hälsen der Gazellen, die mit glänzenden, schreckgeweiteten Augen zusammensackten. Die Natur, so lautete der landläufige Kommentar des Sprechers, sei kein Hort der friedlichen Koexistenz. Nein, in der Wildnis herrsche das Gesetz des Stärkeren; sie sei kein Garten Eden, sondern ein gewaltiges, auf dem brutalen Überlebenskampf ihrer Bewohner ruhendes Gefüge, ein jeglicher Sittlichkeit abholdes, einzig dem Gesetz des Stärkeren verpflichtetes System des Fressens und Gefressenwerdens.

Auf den Videos im Internet konnte man freilich keine weite Landschaft, keine Löwen und Gazellen sehen. Hier spielte sich das Geschehen auf belebten Straßen ab, zwischen den Hochhäusern moderner Städte, und es waren Menschen, die mit ungeheurem Schwung auf andere Menschen losstürzten, um ihre Zähne in Hälse und Schultern, Schenkel und Waden zu schlagen. Mit triefenden Lefzen rissen sie faustgroße Fleischstücke aus ihren Opfern, Blutfontänen spritzten durch die Luft, die schrillen Schreie der Gebissenen und das Gebrüll der Augenzeugen schwollen zu einem infernalischen Crescendo an. Die Jäger selbst verrichteten ihr Werk im Stillen, und sobald sich die Gejagten und Verletzten ihrerseits in Raubtiere verwandelten, ebbten auch ihre Schreie zu einem entmenschten, dumpfen Schweigen ab.

Natürlich hatte die Regierung nach den obligaten Parlamentsdebatten Maßnahmen zum Schutze der Bevölkerung ergriffen. Alle Flughäfen wurden von Militärpatrouillen überwacht (gegen ein prinzipielles Flugverbot hatten die Liberalen opponiert), und auch der Grenzschutz war verstärkt worden. Die Flüchtlingsheime standen unter Quarantäne (hier hatten sich die Nationalkonservativen durchgesetzt). Die von den Linken vorgeschlagene nächtliche Ausgangssperre in den Ballungsräumen hatte bei den Bürgerlichen keinen Widerhall gefunden, und die von den Bürgerlichen angedachte Lockerung des Schusswaffengesetzes hatte bei den Linken einen Aufschrei der Empörung ausgelöst. Vollkommen einig war man sich dagegen bei einer Bewilligung von Polizeieskorten für Parlamentäre und deren Familienangehörige gewesen. Eine Einigkeit, die man den Medien als Meilenstein politischer Zusammenarbeit angesichts der näher rückenden pandemischen Bedrohung anpries.

Für die Wissenschaft, so dachte Pepper, war die Seuche zweifellos ein Jackpot: Wer auch immer eine Pille oder einen Impfstoff gegen Bummabunga finden würde (die Bezeichnung rührte vom australischen Goon-goo-Stamm her, in dessen Sprache Bummah Mensch und Bun-Gah Fleisch hieß, die Wortkombination Bummah Bun-Gah bedeutete daher nichts anderes als Menschenfleisch), der würde Penthouses und Chevrolets, nein, Luxusvillen und Ferraris aus der Portokassa zahlen können.

Pepper würde es wohl nicht sein. Ohne Eprouvetten und Phiolen war er chancenlos. Und ohne Wodka überhaupt. Seine Gedanken glichen einem müden alten Ringelspiel, sie drehten sich behäbig um sich selbst, und Kräutertee war kein probates Mittel, um sie zu befeuern.

Wodka. Wilde und geheimnisvolle Wodka. Eben schwebte sie an ihm vorbei, auf dem Tablett des Kellners, halb entblößt und halb bedeckt vom glitzernd-weißen Schleier der gekühlten Schnapsgläser, und landete auf einem Tisch im hinteren Teil des *Schikkermandl.* Grobe Männerhände griffen nach den Gläsern, raue Stimmen wurden laut. Man feierte das Leben, und im Mittelpunkt der Ausgelassenheit stand wieder einmal sie. Stand Wodka.

Pepper zahlte. Er stand auf, ließ seine ungeliebte Tasse Kräutertee zurück, ohne auch nur daran genippt zu haben, und trat missgelaunt ins Freie.

Wie an jedem Wochenende herrschte reges Treiben auf den Straßen: Man war wieder einmal ausgeflogen, um den Samstagabendstunden abzutrotzen, was man sich die ganze Woche lang versagt hatte. Die Menschen feierten die kleine Nahtstelle im Hamsterrad des Arbeitslebens, zwischen hell erleuchteten Lokalen schwärmten sie wie Bienen auf der Blumenwiese, gierig nach dem Nektar des Vergessens: Bier und Wein und Schnaps. In Strömen floss der Alkohol durch tausend Kehlen, und nur die wenigsten begnügten sich mit Wasser oder Softdrinks.

Pepper bahnte sich gesenkten Kopfes seinen Weg durch die vazierenden Geschwader. Ihm fehlte nicht nur der Grund zum Feiern, sondern auch das Geld, er wollte heim, in seine jämmerliche Bleibe, in sein Bett, das die Bezeichnung Bett nicht annähernd verdiente, weil es nur eine vergammelte Matratze auf dem kalten Estrich war.

»Erwachet«, hörte er auf einmal eine leise Stimme, die sich als diffuses Störgeräusch in das Geplapper und Geplärr des Pöbels mischte. »Hört auf Gottes Wort: Das Ende naht. Der Herr kommt bald, uns zu erlösen.«

Wie zwei Mäuschen, die sich auf den Pannenstreifen einer vierspurigen Autobahn verirrt haben, standen am Straßenrand zwei Frauen und hielten ihre christlichen Traktate hoch. Auf ihren blassen, eingefallenen Gesichtern lieferten sich Angst und Hochmut ein geradezu apokalyptisches Gefecht. »Erwachet …«, hob nun auch die andere der beiden Frauen zu deklamieren an.

Warum, überlegte Pepper, muss der Mensch erwachen, um erlöst zu werden? Kann er denn nicht auch im Schlaf die Seligkeit erlangen? Ist der süße, warme Schlaf nicht sogar eine Vorstufe zur Seligkeit? Ein Appetithäppchen, ein Kinotrailer der Erlösung?

»Hört auf …«

Gottes Wort blieb diesmal ungesagt, es blieb der Missionarin in der Kehle stecken. Statt des monotonen Sermons gellten plötzlich Schreie durch die Luft. Die kleinere der beiden Frauen warf die Arme hoch und ließ die heiligen Broschüren fallen, während die größere so markerschütternd kreischte, dass ihr neben Pepper endlich auch die anderen Passanten ihre Aufmerksamkeit schenkten. Eine Aufmerksamkeit, die sie sicher noch nicht oft genossen hatte und die sie jetzt unglücklicherweise auch nicht mehr genießen konnte. Wie denn auch, im

Angesicht des Todes? Während halb verweste Hände sie umklammerten, wurden ihr eine Hand und eine Hinterbacke weggebissen, große gelbe Zähne gruben sich in ihre Lenden, Schenkel, Waden, ihre weiße Bluse und ihr grauer Rock färbten sich rot. Ein letztes Atemholen noch, ein letzter Schrei, dann rissen ihr die Angreifer den Kehlkopf aus dem Hals. Es waren drei halbwüchsige Untote, und eine Gruppe weiterer machte sich über die auf dem Asphalt verstreuten Fleischfetzen und die vor Schreck erstarrte andere Missionarin her. Wie eine Sturmbö fegten die geifernden Bestien über die kleine Frau hinweg, wie morsches Holz knirschten und knackten ihre Knochen.

Jetzt erst wurde Pepper die Gefahr bewusst, und wie von selbst setzten sich seine Beine in Bewegung. Vierzehn Jahre Alkohol und Nikotin hatten ihn schlaff und kurzatmig gemacht, aber er sprintete, so rasch er eben konnte, durch die Straßen, dicht gefolgt von einer Klangwolke aus Hilferufen, Schmerzensschreien, hysterischem Gebrüll und schwelgerischen Schmatzgeräuschen. Pepper überholte einen mit Palästinensertuch und einem langen, nachthemdartigen Gewand bekleideten Araber, dem ein ganzer Schwarm in Niqabs eingehüllter Frauen folgte, und er konnte schon Sekunden später hören, wie sie dem Heißhunger der radikalen Kannibalen zum Opfer fielen.

Das Eintreffen der Seuche in der Stadt geriet zu einem Mittelding aus Blitzattacke und Triumphzug, Bummabunga wütete mit der verheerenden Gewalt eines Tsunamis. Pepper lief an einer Gruppe junger, rotgesichtiger Betrunkener vorbei, die schwankend auf dem Gehsteig standen und mit trüben Augen auf die Straße glotzten, ohne sich einer Gefahr bewusst zu sein. Mit letzter Kraft stieß er die nächstgelegene Tür auf, und sofort stach ihm die Tasse Kräutertee ins Auge, die er zehn Minuten vorher unberührt zurückgelassen hatte. Zufall oder Absicht? Wie auch immer, Pepper stand wieder im *Café Schikkermandl*.

Kaum einer der Gäste blickte auf, als er die Tür ins Schloss warf, nur die Kellnerin, die ihre Arbeit in der Regel nüchtern und entsprechend aufmerksam verrichtete, starrte ihn an. Kein Wunder: Er sah aus, als wäre ihm gerade der Leibhaftige begegnet. Pepper keuchte, rang um Worte, stemmte sich von innen gegen die geschlossene Tür.

»Was ist denn los?«, fragte die Kellnerin. »Sie sind ja leichenblass.«

Sie sollte ihre Antwort umgehend erhalten. Mit einem lautstarken Klirren barst das Schaufenster des

Schikkermandl, und schon kletterten sechs Untote – zwei Frauen, drei Kinder und ein Mann – über das messerscharfe Glas, das noch im Fensterrahmen steckte. Finger wurden abgetrennt und fielen zuckend auf den Boden. Eines der Kinder stolperte und fiel so unglücklich auf den gezackten Grat, dass es den Kopf verlor. Einen im wahrsten Sinn des Wortes abgetragenen Kopf, dessen verrottender, fast zahn- und lippenloser Mund direkt vor Peppers Füße rollte und nach seinen Zehen schnappte.

Pepper sprang zurück, während die Kellnerin die Augen aufriss und sich, einer Ohnmacht nahe, an die Budel klammerte. Die Gäste reagierten unterschiedlich. Manche stierten weiter auf ihr Viertel, Krügel oder Stamperl, als wäre nichts geschehen, die anderen schimpften oder lachten. Einer warf sein Bierglas auf die Invasoren, nachdem er es zuvor noch rasch geleert hatte.

Mit großen Sprüngen querte Pepper das Lokal. Er lief zu den Toiletten in den hinteren, dunklen Teil des Gastraums, drehte sich noch einmal um und sah, wie die verbliebenen fünf Zombies die bedauernswerte Kellnerin zerfleischten. Er erkannte auch die kleine Missionarin, die sich trotz ihrer verrenkten Glieder und gebrochenen Knochen eines Bärenhungers zu erfreuen schien.

Gerade wollte er im Klo verschwinden, als sein Blick auf eine weitere unscheinbare Tür fiel, die zum Lagerraum des *Schikkermandl* führte. Pepper traf eine Entscheidung. Seine letzten Atemzüge wollte er nicht auf dem Scheißhaus machen. Seine letzten Atemzüge sollten nach der Liebe seines Lebens duften. Nach dem unvergleichlichen Parfüm von Wodka.

Zehn Minuten später hatte er die erste Flasche ausgetrunken, und sechs weitere warteten – neben diversen anderen Spirituosen und zahllosen Kisten Wein – in den Regalen. Draußen machten sich die Zombies an der Tür zu schaffen, ihre Fingernägel kratzten unaufhörlich über das lackierte Türblatt.

Pepper trank. Er trank wie nie zuvor in seinem Leben. Als die zweite Flasche Wodka halb geleert war, machte sich ein Hauch von Übelkeit in seinen Eingeweiden breit, sodass er ein paar Schlucke Rotwein zu sich nahm, um seine untrainierte und entsprechend überreizte Peristaltik zu besänftigen. Dann kehrte er zurück zu seiner großen Liebe.

Welche Klarheit Wodka ihm verlieh! Sie tanzte durch die harzigen Synapsen, wirbelte durch die Verkrustungen des Geistes wie Ammoniak durch den Dreck verstopfter Abflussrohre, sie erhellte den gerade noch so düsteren Sumpf der grauen Zellen und baute unzählige neue Brücken über die Kanäle des von warmem Kräutertee betäubten, schwerfällig gewordenen Kopfes, so als wäre dieser Kopf … Venedig. Ja, im Handumdrehen verzauberte sie Pepper wieder in den Dogen seines Denkens, in den Herrn über sein Hirn.

Die vielen infizierten Kinder, dachte er. Warum die vielen Kinder? Und warum die Moslems und die beiden Missionarinnen? Warum hatten die Untoten sich gleich nach der Erstürmung des Cafés gemeinsam auf die Kellnerin gestürzt, während die Gäste an den Tischen ungeschoren geblieben waren?

All diese Fragen wurden ihm von Wodka eingeflüstert wie einem spirituellen Medium, das sich von höheren Mächten leiten lässt. Die Fragen aber ließen fast nur eine Antwort zu, und sie zu finden brauchte keine Eprouvetten und Phiolen, weil sie so banal und logisch war, dass der gelernte Wissenschaftler Pepper sie am Anfang gar nicht glauben wollte.

Theorien, so wusste er, bedurften einer Probe aufs Exempel, also rang er sich trotz (oder wegen) seines schweren Rausches dazu durch, sich einem couragierten Selbstversuch zu unterziehen. Er nahm den Hals der leeren Wodkaflasche und schlug sie gegen die Kante eines der Regale, wie er das aus zweitklassigen Kinofilmen kannte. Den zersplitterten, mit messerscharfen Glaszacken versehenen Flaschentorso in der Rechten, öffnete er mit der linken Hand die Tür.

Die Zahl der Untoten war mittlerweile angewachsen, an die fünfzig drängten sich im Gastraum und vor den Toiletten des Cafés. Als Pepper aber aus dem Lager trat, geschah das inbrünstig erhoffte Wunder: Bummabunga wich vor ihm zurück, die Zombies wandten sich, wenn auch sehr langsam, von ihm ab und gaben einen Korridor zum Eingang frei, den Pepper vorsichtig durchschritt. Er sah die Missionarin, die sich leise hin und her wiegte wie ein zerfranster Palmenbaum in einem abflauenden Wirbelsturm, er sah die Kinder, die zwischen den Tischen durcheinandertorkelten, und den Araber, dessen rot kariertes Tuch nur noch ein schmuddeliger Lumpen war.

Und dann sah er die Kellnerin, die dumpf und unbeteiligt vor sich hin starrte. Von ihrem blutigen halb nackten Körper baumelten die Reste ihres Fleisches. Sie hatte keine Arme mehr und ähnelte auf eine seltsam anrührende Weise der zerbrochenen Wodkaflasche. Diese Flasche rammte Pepper ihr jetzt schwungvoll ins Gesicht. Sie taumelte zurück und starrte weiter, trotz der Glasspitzen, die in ihr steckten wie in weicher Butter. Eines ihrer Augen glotzte mitten durch den Flaschenhals.

»Nie wieder Kräutertee!«, rief Pepper mit dem weichen Zungenschlag des Stockbesoffenen.

Viel rascher noch als Bummabunga selbst verbreitete sich überall die frohe Kunde, dass die Pandemie gebändigt sei. Die Menschen tanzten, lachten, feierten – und soffen bis zum Umfallen. Wer nach einem langen, dumpfen Schlaf im Rinnstein, auf der Parkbank oder an der Bar eines Lokals aus seinem Alkoholdämmer erwachte, nahm den Kampf gegen die Krankheit unverzüglich wieder auf. Die höchsten Führer des Islam beschlossen eine Neubewertung des Korans und seiner religiösen Vorschriften; bald galt der regelmäßige Genuss harter Getränke in Arabien nicht nur als halāl, sondern sogar als fard, als unbedingte Pflicht. Der schwer betrunkene Papst brach sich bei seiner Osteransprache den Oberschenkelhals, als er von der Benediktionsloggia des Petersdoms auf ein – gottlob! – darunter aufgespanntes Sonnensegel stürzte. Dutzende von Staatschefs fielen ins Delirium, allein der Präsident der USA ließ sich nichts anmerken. Er machte einfach weiter wie bisher.

Aufgrund der großen Nachfrage kam es zu einem weltweiten Versorgungsengpass, der der Ausbreitung der Seuche noch einmal gehörig Vorschub leistete (in den Geschichtsbüchern würde man diese dunkle Zeit, obwohl sie in demselben Maße Bier und Wein betraf, als Schnapskrise bezeichnen). Aber nach den anfänglichen Orgien sowohl der Infizierten als auch der Gesunden schaffte es der so genannte freie Markt, die Lage wieder zu beruhigen: Allerorten schossen neue Brennereien aus dem Boden, in den früheren Regenwäldern Amazoniens entstanden Weingärten und in den Brauereien Saudi-Arabiens wurde ein schwarzes Gold gefördert, das dem profitablen Ölgeschäft sehr bald den Rang ablief: ein dunkles Starkbier, das als Saudi Stout globalen Ruhm erlangte.

Einen großen Beitrag zur Bewältigung der Krise leistete die Wissenschaft. Rund um den Erdball widmeten sich Mediziner der Erforschung der Korrelation zwischen Blutalkoholgehalt und Resistenz gegen die Untoten, und wenn sie auch zu keiner Einigung gelangten, gab die Weltgesundheitsorganisation am Ende doch eine Erklärung ab, die einen Alkoholgehalt von eineinhalb Promille als Schutz vor Bummabunga propagierte. Für Erwachsene empfahl sich demnach eine Mindestdosis von wahlweise einem Viertelliter Schnaps, eineinhalb Litern

Wein oder drei Litern Bier, um den schützenden Spiegel zu erreichen, und der periodischen Einnahme weiterer Getränke, um ihn auf seinem Niveau zu halten. Daher auch der eindringliche Rat, sich abends auf zweieinhalb Promille hochzutrinken, um des Nachts im Schlaf vor einer Ansteckung gefeit zu sein.

Die Kinder brauchten selbstverständlich weniger. Dem obligaten Eier- oder Nusslikör zum Frühstück folgte die Verabreichung behördlich zugelassener und staatlich finanzierter Alkopops, die in den Schulpausen zu trinken waren. Die sogenannte Wodkamilliarde des Sozialministers stellte die Versorgung aller Schulen und Kinderkrippen sicher.

Pepper saß im *Schikkermandl*, als sein Handy klingelte. Zunächst ließ er es in der Tasche stecken und fuhr fort, durch die zwar neue, aber von beschwipsten Glasern schlampig in den Rahmen eingepasste Fensterscheibe die belebte Straße zu betrachten.

Es war Wochenende, und wie stets am Samstagabend drängten sich die Menschen in den Gassen. Trotzdem war die Stimmung eine andere als noch vor einem halben Jahr: Statt dem hysterischen Getöse früherer Zeiten, dem an jedem Wochenende ausufernden Lebenshunger ungeübter Trinker hatte eine träumerische Stille, ein nie da gewesener Frieden Platz gegriffen. Zombies und Betrunkene torkelten einträchtig Seite an Seite, Pepper konnte sie in Kleidung, Haltung und Benehmen nicht mehr voneinander unterscheiden, und selbst wenn es hier und da zu Kollisionen, ungewollten Rempeleien und Stürzen kam, mündeten solche Zwischenfälle nie in Streit oder Gewalt. Die Stadt, das Land, die Welt schienen geheilt von allem Groll und aller Feindschaft, die Bewohner des Planeten Erde hatten endlich zu Vernunft und Harmonie gefunden.

Wodka hatte es ermöglicht.

Sie war eine Göttin.

Wieder klingelte das Handy. Pepper nestelte es widerwillig aus der Seitentasche seines fleckigen Sakkos, wobei er sich am Tisch den Kopf anstieß und sein noch volles Schnapsglas auf den Boden fegte.

»Scheiße … Hallo?«, grunzte er ins Smartphone.

»Ja helvete … Hallå? God afton!«, lallte eine undeutliche Stimme aus dem Hörer. »I am Olle Svensson from the Swedish Karolinska Institutet. Jag är … Jävla! I am speaker of the Nobelförsamlingen … of the Nobel Committee in Stockholm. Grattis, Mister Pepper! Skål and Cheers! Congratulations!«

DIE BEFREIUNG CHIPULCHICAS

Von Lobo Fuente erzählte man sich, er habe in einer einzigen Nacht zehn Campesinos getötet und fünf ihrer Weiber geschwängert. Obwohl das nicht stimmte, kam Fuente dieses Gerücht durchaus gelegen. Es mehrte seinen Ruhm, sicherte ihm die Treue seiner Männer und hielt ihm Rivalen und Feinde vom Leib. El Orinal, wie er zuweilen hinter vorgehaltener Hand genannt wurde, sah nicht aus, wie Leute seines Schlages auszusehen pflegten: Keine Furchen und Narben zierten sein Gesicht, kein rauschender Bart auch, und sein Wuchs war eher schmächtig als hünenhaft. Schlank war er, Fuente, und seine Haut so sauber und duftend wie die eines Weibes, und dennoch fürchtete man ihn wie keinen Zweiten. All diese Eigenschaften nämlich, gepaart mit seiner sanften, beinahe freundlichen Art verliehen ihm den Nimbus einer Klapperschlange: wendig, glatt und gnadenlos. Sein Gift, so hieß es, war absolut tödlich, und es versiegte nie.

Was niemand wusste, war, dass das Alter an Lobo Fuente nagte. Er fühlte sich zunehmend müde; das Morden und Brandschatzen machte ihm keine rechte Freude mehr. Ein halbes Leben als Bandido, der den Bauern die Ernte stiehlt, der ihre Häuser und Kirchen plündert, ihre Frauen schändet (mehr als drei am Stück hatte er in Wahrheit nie geschafft), der ihren Kindern das Spielzeug, die Freiheit, nicht selten das Leben nimmt, ein halbes Leben auf der Flucht, auf der Hut, getrieben von der Gier nach Macht und Gold und Bewunderung, so etwas zehrt an den Kräften eines Mannes. Lobo Fuente dachte immer öfter daran, sich eine eigene Hacienda zuzulegen. Sesshaft werden, sich aufs Altenteil zurückziehen, vielleicht sogar – man höre und staune – eine Familie gründen …

Und jetzt das.

Gerade drei Stunden ist es her, da sind zwei seiner Pistoleros nach Chipulchica geritten, um Fleisch und Tequila zu holen, doch jetzt sind sie unverrichteter Dinge zurückgekehrt: Carlos Prado, des Lesens und Schreibens mächtig und deshalb Verwalter der täglichen Beute, und Ernesto Callejon, Lobo Fuentes treuester Spitzel. Blass und gebeugt, so sind sie in vollem Galopp ins Lager gesprengt, kaum dass sie sich noch in den Sätteln zu halten vermochten. Da hat sich ein Stimmengewirr am Feuer erhoben, und fünfzehn wilde Gestalten sind aufgesprungen und haben die zitternden Gäule umringt, die einzige, brennende Frage auf ihren derben Gesichtern: Was ist geschehen?

Nur einer ist sitzen geblieben, und das ist El Orinal. Er betrachtet die Glut und wartet. Wartet ruhig und aufrecht, wie es einem Anführer geziemt. Gelassenheit ist oberstes Gebot, denn sie ist der Quell von Würde, Überlegenheit und Macht. Lobo Fuente trägt also stets die Maske des Wissenden, auch wenn er gar nichts weiß. Erst als Prado und Callejon sich vor ihn stellen, um Bericht zu erstatten, hebt er den Blick. Ein sanftes Lächeln umspielt die schmalen Lippen.

»Und?«

Leise und trotzdem rasierklingenscharf durchschneidet Lobo Fuentes Stimme die kühle Abendluft. Callejon ringt die Hände, um eine Antwort bemüht.

»Wir … wir … Es ist furchtbar … Wir …«

Lobo Fuente zieht die Augenbrauen hoch, sieht von einem zum anderen, schweigt. El Orinal hat noch niemals eine Frage wiederholt.

»Sie wollen uns … nichts mehr geben«, murmelt jetzt betreten Carlos Prado.

Lobo Fuente stutzt. Dann, langsam, zieht sich ein breites Grinsen über sein Antlitz.

»Weißt du, Carlos, was ich gerade verstanden habe? Mir war, als hättest du gesagt: Sie wollen uns nichts mehr geben …«

Lobo Fuente wirft den Kopf zurück und lacht, und mit ihm bricht die übrige Horde der Bandidos in brüllendes Gelächter aus. Nur Carlos Prado und Ernesto Callejon lachen nicht.

»Es stimmt … Du hast richtig gehört.«

Wie das erschrockene Schweigen der Hunde nach einem Gewehrschuss, so bricht nun die Stille ein. Lobo Fuente starrt Prado an, und wie von selbst zucken seine Hände dem patronenbesetzten Gürtel entgegen, den ledernen Halftern, in denen die beiden Revolver stecken. Doch dann besinnt er sich und brummt, so gelassen er kann: »Setzt euch zu mir und erzählt.«

El Orinal pflegt niemals zu anderen aufzublicken.

»Sie wollen uns also nichts mehr geben«, meint er nun, da die Männer an seiner Seite Platz genommen haben.

»Nein.«

»Kein Fleisch?«

»Nein. Kein Fleisch. Und auch kein Brot, kein Gold, keinen Tequila.«

»Und ihre Weiber?«

»Sie sagen, wir sollen unsere Pferde vögeln. Nicht einmal eines ihrer Kinder haben sie uns angeboten.«

Lobo Fuente holt Luft, langsam und tief. Denkt nach.

»Wie viele habt ihr getötet?«

Näher rücken jetzt die Männer im Kreis. Sie spitzen die Ohren. Wie viele werden es wohl gewesen sein? Zehn? Oder zwanzig?

»Wir … Keinen einzigen«, flüstert Prado.

Und Callejon fügt hastig hinzu: »Sie haben sich gewehrt!«

Ein Raunen geht durch die Schar der Bandidos. Lobo Fuente schließt die Augen, und als er sie wieder öffnet, da funkeln sie noch kälter als sonst. Nur sein Mund lächelt milde, als er fragt: »Sich gewehrt? Haben sie etwa Steine auf euch geworfen?«

»Nein … Nein … Sie haben … haben …«

»Sie haben sich Gringos geholt«, vollendet Prado den Satz Callejons. »Sieben Gringos aus dem Norden, bis an die Zähne bewaffnet …«

Nun hält die Menge nicht mehr an sich. Ein wütendes Stimmengewirr brandet hoch, fegt über die Steppe und steigt zum abendlichen Himmel auf.

»Kojotenpack!«

»Räudige Hunde!«

»Dreckige Gringos!«

So geht es eine Weile, aber irgendwann erstirbt das Grollen der Männer. Sie sehen nun Lobo Fuente an, Lobo Fuente, von dem es heißt, er könne mit einer Patrone vier Gegner auf einmal zur Strecke bringen. Oder waren es fünf?

El Orinal legt bedächtig die Fingerspitzen aneinander. Genießt den Augenblick, da siebzehn Augenpaare an seinen Lippen hängen, siebzehn Mann auf seine Entscheidung warten. Doch was soll er sagen? Ihm fällt nichts ein.

»Irgendwelche Vorschläge?«

Welch genialer Schachzug! Welch Ausbund an Gleichmut, mit dem Fuente seiner Unentschlossenheit das Mäntelchen gütiger Aufgeschlossenheit überwirft! Solidarität! Fraternisation! Kein Wunder, dass ihm die Herzen aller Raubgesellen zwischen Tepancalcatl und Xochitlicacan zufliegen …

»Wir brennen ihre Häuser nieder!«, wird da eine Stimme laut.

»Wir schänden ihre Töchter!«, fällt eine andere ein.

»Und Mütter!«

»Und die Mütter der Mütter!«

»Wir schneiden ihnen die Cojones ab!«

»Ja, die Cojones! Wir verfüttern sie an unsere Hunde!«

Fuente schließt seine Augen, als dächte er nach. Hebt dann die Hand, bringt seine Leute mit einer winzigen Geste zum Schweigen.

»Wir brennen ihre Häuser nieder«, meint er ruhig. »Wir schänden ihre Mütter und schneiden ihnen die Cojones ab. Was haltet ihr von meiner Idee?«

Kurz herrscht ergriffene Stille, doch wie auf ein Zeichen setzt ohrenbetäubender Jubel ein. Schon schnellen die Revolver aus den Halftern, springen sie hurtig in die schmutzigen Hände der Männer. Mit krachenden Salven spucken sie ihre bleiernen Kugeln zum Firmament, ein Feuerwerk, ein wahrer ballistischer Freudentanz hebt an. »Fuente! Fuente! Fuente!«, skandiert die fröhliche Meute. »Viva el jefe!«

Doch gerade, als ihre Freude am größten ist, löst sich ein hagerer Schatten aus dem Hintergrund und tritt gemessenen Schrittes ans Feuer. Wer wagt es nur? Wer ist es wohl, der sich erkühnt, den Sturm des Beifalls für Lobo Fuente zu stören? Nur einer, ein Einziger darf dergleichen ungeschoren tun: Andrés Verdulero, den man den Geheimnisvollen nennt.

Die Waffen schweigen. Ein furchtsames Raunen geht durch die Menge. Er ist es: Verdulero, der Denker und Dunkelmann, Verdulero, der Intrigant und Fadenzieher, Verdulero, dem El Orinal wie keinem anderen vertraut. Die Bandidos kamen und gingen, nur Verdulero war gegangen und wiedergekommen: Er hatte sich ins Gringoland aufgemacht, um sein Glück zu probieren, war weiter und weiter gezogen, zu Fuß, auf dem Pferd und sogar mit dem Schiff übers große Wasser, bis in das Land, aus dem einst die Gringos gekommen waren, und weiter noch in das dunkle, gefährliche Herz des alten Kontinents, den man voll Ehrfurcht Europa nannte.

Der Hagere lässt, scheinbar gelangweilt, seine wässrigen Augen durch die Runde wandern, zwei winzigen glitzernden Schweifsternen gleich, bis sie auf Lobo Fuente zu ruhen kommen.

»Erinnerst du dich«, beginnt er nun leise zu sprechen, »an diesen Reisfresser, der vor drei Jahren durch unser Gebiet gezogen ist? Du weißt schon, dieser hinterhältige Handkantenkämpfer.«

»Ja«, brummt Lobo Fuente verstimmt. »Ich kann mich erinnern.« Er denkt nicht gern an jene Zeit zurück. Der Chinese hat fünf seiner Leute mit bloßen Händen bewusstlos geschlagen, so schnell, man wusste gar nicht, wie einem geschah. Und noch bevor ihn der Rest der Bande fangen und aufknüpfen konnte, war er schon wieder verschwunden, war weitergezogen ins Gringoland.

»Und weißt du auch«, fährt Verdulero fort, »was der immer gesagt hat?«

»Ziel und geh weg«, meint Fuente. »Nein, es war … Weg mit dem Ziel, oder Das Ziel ist weg … Irgend so was.«

»Der Weg ist das Ziel.« Andrés Verdulero lächelt milde und legt eine Kunstpause ein. »Ich habe nachgedacht, Jefe. Das Schlitzauge hatte recht.«

»Was willst du damit andeuten?«

»Ganz einfach: Die Frage muss lauten: Was wollen wir eigentlich? Was ist unser Ziel? Na? Könnt ihr's mir sagen?«, wendet sich jetzt Verdulero den Männern zu.

»Gold!«, ruft Carlos Prado, ohne lang zu überlegen.

»Tequila!«, brüllt ein anderer.

»Weiber! Fressen! Tausend Chicas zum Vernaschen!«, ein Dritter.

»Gut«, meint Verdulero nun. »Sehr gut. Und jetzt sagt mir: Wollt ihr euch dafür erschießen lassen?«

»Ja!«, schreien da zwei oder drei. »Viva el jefe! Wir schneiden ihnen die Cojones ab!« Sie haben wohl nicht so recht verstanden, worauf Verdulero hinauswill. Die anderen aber verfallen in dumpfes, brütendes Schweigen. Bis Lobo Fuente mit frostigem Tonfall erwidert: »Hast du etwa eine bessere Idee?«

»Allerdings.« Andrés Verdulero hält dem kalten, schneidenden Blick des Anführers stand. »Gebt acht; ich will euch etwas zeigen.« Er tritt zu einem der Männer und zieht ihn sanft in die Mitte des Kreises. »Wie heißt du, Amigo?«

»Coco.« Klein und dicklich ist der Mann, der nun mit verlegenem Lächeln von einem Bein aufs andere tritt. »Don Coco ...«

»Nur mit der Ruhe, Amigo. Du machst das sehr gut. Schöne Uhr, die du da trägst. Woher hast du sie?«

Stolz wiegt der Dicke die schwere silberne Taschenuhr in seiner Rechten und überlegt. »Vom Bäcker«, sagt er dann. »Vom Bäcker aus Chipulchica. Der hat jetzt so viel Zeit, dass er sie nicht mehr braucht.« Don Coco grinst, und mit ihm brechen die Bandidos in Gelächter aus.

»Du bist lustig, Don Coco. Und du trägst das Herz am rechten Fleck. Gib mir deine Uhr ...«

Während Andrés Verdulero noch die Hand ausstreckt, um Don Coco seinen silbernen Schatz abzunehmen, ist dieser bereits zurückgewichen und hat die Revolver gezogen. Blitzschnell, zwei Stück, weil doppelt hält besser, vor allem in der rauen Wildnis Mexikos.

»Ich werd dir etwas anderes geben!«, zischt grimmig der Dicke.

Da lässt Verdulero den Arm sinken, zuckt mit gespielter Betrübnis die Achseln und meint: »Schade … Und ich hielt dich für einen aufrechten Fuentista …«

»Fuentista?« Don Coco runzelt die Stirne. »Was meinst du damit: Fuentista?«

»Ganz einfach.« Verdulero spreizt seine Hände. Legt mit ausholender Geste die Finger aneinander und beginnt nach einer scheinbaren Gedankenpause zu erklären: »Los Fuentistas, so heißt ab heute die Bande, nein, die Partei unseres tapferen und gerechten Anführers, des großen Lobo Fuente. Und wer sich seiner weisen Führung anvertraut, um schon in naher Zukunft aus einer silbernen Taschenuhr hundert goldene zu machen«, Verdulero öffnet die Hände wie eine sonnenhungrige Kaktusblüte, »ist demzufolge Fuentista.«

Ergriffenes Schweigen. Verstört und beschämt schiebt Don Coco die Waffen zurück in die Halfter. »Aber«, sagt er schließlich kleinlaut, »was hat das mit meiner Uhr zu tun?«

»Lobo Fuente«, erklärt Verdulero mit dem milden Gestus eines Volksschullehrers, »Lobo Fuente ist Kapitän und Steuermann der Fuentistas. Er achtet darauf, dass unser Schiff gute Fahrt und Beute macht und dass es keinen Schaden nimmt. Meinst du nicht, Don Coco, dass ihm dafür eine Belohnung gebührt? Na siehst du. Und weil sie ihm dafür, dass er am Steuer steht, gebührt, wollen wir sie auch Steuer oder Gebühr nennen.«

Und wieder ergriffenes Schweigen.

»Verstehst du, Don Coco? Die Fuentistas zählen auf dich.«

Zögernd zunächst, doch ohne ein weiteres Widerwort reicht Don Coco Andrés Verdulero die silberne Uhr. Der nimmt sie eilends an sich, um sie sodann triumphierend den Männern zu zeigen.

»Und? Hab ich mich dafür erschießen lassen müssen?«

Verwirrt starrt Lobo Fuente ihn an. Wohl braucht es eine Weile, bis sich ihm der Sinn der Rede Verduleros offenbart, doch dann, mit einem Mal, verzerrt ein breites Lachen seinen schmalen Mund. Und seine schlanken Hände applaudieren.

»Großartig«, ruft Lobo Fuente. »Und diese Gelassenheit!«

Begeistert stimmen nun auch die anderen zu. »Viva Fuente! Vivan los Fuentistas!«

»Seht ihr also?«, meint Verdulero, als wieder Ruhe eingekehrt ist, »Genauso wollen wir es mit den Leuten von Chipulchica machen – natürlich nur, wenn unser Steuermann das vorschlägt«, fügt er mit einer kleinen, devoten Verbeugung vor El Orinal hinzu.

Es wird spät im Lager der Fuentistas. Sie sitzen bis tief in die Nacht am lodernden Feuer und lassen die Köpfe rauchen. Lobo Fuente hat entschieden, die Bewohner Chipulchicas mit List statt mit Waffen zu schlagen, und jeder Einfall der Männer wird nun von Carlos Prado auf ein großes Stück Ziegenleder geschrieben.

»Sie sollen uns ihre Gewehre geben«, lässt sich einer vernehmen.

»Gute Idee«, sagt Andrés Verdulero. »Passt auf: Im Dienste der kommunalen Sicherheit werden die Bürger Chipulchicas dazu aufgefordert, Waffen aller Art den zuständigen Behörden zur weiteren fachgerechten Entsorgung auszuhändigen.«

Ein zustimmendes Nicken Lobo Fuentes. »Na schreib schon!«, meint er zu Carlos Prado gewandt, der Verdulero staunend und bewundernd ansieht.

»Die dreckigen Gringos sollen verschwinden!«, wird jetzt eine weitere Stimme laut.

Andrés Verdulero denkt nach.

»Weiß jemand ein freundlicheres Wort für verschwinden?«

»Abhauen vielleicht?«

»Nein, wartet, ich hab's: Aufgrund der angespannten Arbeitsmarktsituation hält die chipulchicanische Ortsverwaltung eine sofortige Minuszuwanderung für unumgänglich. Ausländische Staatsbürger, die der Aufforderung zur Rückkehr nicht umgehend Folge leisten, werden von den dazu ermächtigten Kontaktbereichsbeamten in Verwahrung genommen.«

»Minuszuwanderung …«, murmelt beifällig Ernesto Callejon. »Genial, Verdulero, einfach genial.«

Carlos Prado blickt nun wieder von seiner Ziegenhaut auf. »Sie sollen uns mehr Gold geben als bisher. Zur Strafe.«

»Mehr Gold als bisher … Gut. Sehr gut, Carlos. Also schreib: Der infolge der Durchführung obgenannter Maßnahmen eingetretene erhöhte Verwaltungsaufwand macht eine generelle Tarifanpassung notwendig. Auskunft über die ab sofort gültigen Gebührensätze erteilt Ihnen gerne Ihr Inkassant.«

»Inkassant?«

»Ja, Carlos. In gewisser Weise sind wir alle Inkassanten. Aber«, Verdulero klopft Prado begütigend auf die Schulter, »du bist und bleibst natürlich unser Schatzmeister.«

»Na, wenn das so ist … Bueno.«

»Noch irgendwelche Vorschläge?«

»Was ist mit den Weibern? Wir wollen sie schänden!«

»Caramba! Ja! Das gehört zur Tradition!«

»Verstehe … Schänden … Das ist schwer zu formulieren.«

Nun mischt sich auch El Orinal wieder in das Gespräch. »Wie wäre es«, meint er möglichst gelassen, »mit: Die zeitweilige und vorübergehende Spontanbestäubung weiblicher Humanressourcen durch autorisierte Amtsorgane ist Teil der umfassenden Reformen und dient der allgemeinen Flexibilisierung …?«

Eines muss man ihm lassen: Er lernt rasch, Lobo Fuente. Jetzt beugt er sich zu Andrés Verdulero hinüber und flüstert ihm etwas ins Ohr. Verdulero nickt lächelnd und wendet sich nach einer kurzen Nachdenkpause Carlos Prado zu:

»Ein letzter Absatz noch, Carlos: Im Zuge der zur Hebung des Gemeinwohls eingeleiteten Umstrukturierung wird ein der Bedeutung Chipulchicas und seiner Honoratioren angemessenes Rathaus errichtet. Die zu diesem Zweck geplante Sanierung zentraler Teile der Ortschaft macht den Abriss, nein, warte … den Rückbau bereits vorhandener Bausubstanz unerlässlich. Um ihre Eigenverantwortung zu stärken, werden die Eigentümer der betroffenen Liegenschaften dazu aufgefordert, diese rasch und ohne Widerspruch zu räumen und sich dem Schätzwert ihrer Anwesen entsprechend an den Erstehungskosten des neuen Gebäudes zu beteiligen.«

»Alle Achtung, Verdulero«, murmelt Lobo Fuente. »Du hast etwas gut bei mir.« Dann aber steht er auf, ergreift die Ziegenhaut und schwenkt sie wie ein heiliges Banner im Schein des Feuers hin und her. »Vivan los Fuentistas!«

»Viva!«, brüllen da wie ein Mann die Pistoleros. »Vivan los Fuentistas!«

Noch in derselben Nacht entsandte Lobo Fuente eine Delegation seiner Leute nach Chipulchica. Ernesto Callejon wurde die Ehre zuteil, das eng beschriebene Ziegenleder an der Pforte der kleinen Kirche auf dem Hauptplatz anzubringen.

Am nächsten Morgen entdeckte einer der Campesinos den Anschlag.

Mittags wurden die sieben Gringos geteert und gefedert aus dem Ort getrieben.

Und abends wurde gefeiert.

Nie zuvor hatte Chipulchica solchen Jubel erlebt. Drei Tage lang wurde gesungen, getanzt und getrunken. Vorbei war nun endlich die quälende Knechtschaft, gestillt war der ewige Hunger nach Ordnung, Recht und Gesetz. Die Bauern brannten lachend ihre Höfe nieder, um Platz zu schaffen, Platz für das neue Rathaus, das ihnen und ihrer Regierung zur Ehre gereichen sollte.

Lobo Fuente aber wurde sesshaft. Wenige Monate später bezog er mit seinen Männern den prunkvollen Gemeindepalast, den ihm die dankbaren Bürger errichtet hatten. Auf Anraten Andrés Verduleros entschied er sich zur Gründung einer weiteren Partei, die er *Los Lobos* nannte, und führte freie Wahlen ein, deren Ausgang er stets mit bewundernswerter Gelassenheit entgegensah.

Nur eines konnte El Orinal nicht verstehen: Don Cocos silberne Taschenuhr war verschwunden, obwohl sie doch eigentlich ihm, dem Jefe gebührte. Andrés Verdulero behauptete steif und fest, er habe sie ordnungsgemäß Carlos Prado, dem Schatzmeister übergeben, doch dieser beschwor, sie nie erhalten zu haben. Wenig später lenkten die beiden den Verdacht auf Ernesto Callejon, der aber mit aller Entschiedenheit abstritt, irgendetwas über den Verbleib der Uhr zu wissen.

»Wahrscheinlich haben die Gringos sie gestohlen«, murmelte er.

So kam es, dass die silberne Uhr nicht wieder auftauchte und Lobo Fuente schließlich mit hundert goldenen Uhren vorliebnehmen musste.

Vom selben Autor

Stefan Slupetzky
ABSURDES GLÜCK
Bittersüße Geschichten
116 Seiten, gebunden, ISBN 978-3-85452-476-2

Stefan Slupetzky spürt das Glück dort auf, wo es niemand vermutet hätte. Dabei fängt er Momente der Verzückung ebenso ein wie die Abgründe, die sich innerhalb scheinbar ungetrübter Beziehungen auftun.

»Eine herrliche Lektüre für Menschen, die böse Unterhaltung mit abgründigem Happy End schätzen.«
OBERÖSTERREICHISCHE NACHRICHTEN

»Slupetzky beherrscht die kleine Form souverän und reißt auf wenigen Seiten große Dramen an. Mit lässiger Geste nimmt er den Leser an der Hand und entführt ihn auf kleine Abenteuerreisen, den bösen Humor, die Schadenfreude, das Worst-Case-Szenario und Murphys Law immer im Handgepäck mit dabei.« APA

Picus Verlag Wien

Vom selben Autor

Stefan Slupetzky
HALSKNACKER
112 Seiten, gebunden, ISBN 978-3-85452-677-3

Ein besonderes Gustostück für alle Freunde des schwarzen Humors sowie all jene, die selbst gern einmal ein bisschen böse wären.

»*Ohrenreiberl, Wampenklatscher oder Nackenstaucher. Fast ausgestorbene Begriffe aus der Welt des Heumarkt-Catchens. In den sieben Geschichten regiert die Wiener Gemütlichkeit bis zum bitteren Ende.*« APA

»*Schwarzer Humor vom Feinsten!*« BR ONLINE

»*Klein und fein wie ein exquisites, vergiftetes Punschkrapferl.*« DER STANDARD

»*Einfach ganz große Unterhaltung.*« RBB INFORADIO

»*Slupetzky wird immer noch besser!*« WIEN LIVE

Picus Verlag Wien

Vom selben Autor

Stefan Slupetzky
LESEREISE MAURITIUS
Zum Segatanz unter dem Flammenbaum
132 Seiten, gebunden, ISBN 978-3-7117-1066-6

Abseits von touristischen Highlights, die Mauritius zur Genüge bietet, wirft Stefan Slupetzky einen Blick ins Innere – ins Innere einer unerhört facettenreichen Insel und ihrer Bevölkerung, die den Besucher nur allzu oft vor spannende (Alltags-)Rätsel und Überraschungen stellt.
Warum Kreolen kein Pepsi trinken, weshalb das »Curry No. 2« nicht jedermanns Sache ist, wie man Bustüren mit der Bremse öffnen kann, welches die beste Vorbereitung auf einen drohenden Zyklon ist und wieso die Mango hier zu den größten Feinden des Hundes zählt, sind nur einige Fragen, die der Autor auf seiner Reise quer durch das Land und seine Geschichte auf lustvolle Weise zu klären versucht.

Picus Verlag Wien